Ludwig Weibel
Übergang ins göttliche Genügen
Seinskultur von höchsten Graden

Books on Demand

Bibliographische Information der Deutschen Nationalbibliothek. Die Deutsche Nationalbibliothek verzeichnet
diese Publikation in der deutschen Nationalbibliogra-
phie, detaillierte bibliographische Daten sind im Internet
über http://dnb.dnb.de abrufbar.

© 2015 Autor: Ludwig Weibel
Herstellung und Verlag:
BoD – Books on Demand, Norderstedt
ISBN 9783738625943

Ludwig Weibel

Übergang ins göttliche Genügen

Inhalt

Taufe überirdischen Gewährens
5

Freudenfülle im Gemüt
31

Wie kann Ich leisten, was Ich will
55

Du, Mein guter Geist
85

Richter Bin Ich über deine Taten
113

Die Praxis für Mein Volk
141

Trinke Meiner Worte Kraft
165

1
Taufe überirdischen Gewährens

1.1

Sanft und seeleninnig reich Ich dir die Hand zum Übergang ins göttliche Genügen. Es sei, dass du dich vollends hingibst dem, was Ich dir Bin in der Bewusstheit Meines Seins von wunderbarer Leichte des Erfahrens. Glutopfer der Begeisterung soll es sein, was dich Mir zuführt, ohne jedes Wenn und Aber auf der Linientreue der Verklärten.

Du lässest Mich gewähren und vernimmst den Seelensang, der Meines Nahseins Zeichen ist in dir und dessen Lauterkeit ein Jubilieren anfacht von befreiender Erregtheit, wie von wunderbar besänftigender Ruh.

An die Erhabensten der Weiten darfst du dich gewöhnen, wo die Sterne dir im wesenhaften Sich-Verstrahlen zu Gevatter stehn für eine Taufe überirdischen Gewährens. Darin erfährst du, dass Bewusstheit als allweites Phänomen in dir zum Zuge kommt und dir im Seinsbeglücken liebreich offenbart, was du in Wahrheit Bist, von Mir in Ebenbildlichkeit dahingetragen, gerundet und gesundet. Gleichmut schöpfend und Erhabenheit gebärend gleicht sich dein Sinnen Meinem vollends an und sinkt voll Dankbarkeit und Harmonie ins grosse Einen, das Ich Bin, im Überall des Kräfte-spiels, wie in der Innigkeit der seinsgeschwister-lichen Liebe, die Ich noch in jedem Wesen gene-riere, das Mir vollends zugetan.

Weswegen hab Ich dich in Mein Bewusstsein eingeschrieben? Um die Seinsgewissheit zu entfachen in deines Herzens Ich-Natur und seiner Fähigkeit, sich an die Sehnsucht nach Erfüllung hinzugeben. Ganz im Stillen trachtet es nach dem Geborgensein an sich in namenlos beglückender Vertrautheit mit den Seinen. Ohne sich zu zieren, will es seelenselig im Umfangen ruhn und in der Grazie des Sich-Verschenkens das Beglücken üben masslos und gediegen. Das ist Meines Wunderwirkens Heft in deinen Händen, Meine Gabe des natürlichen Betragens ohne jede Spur von Selbstsucht oder Zweifelhaftigkeit im Dich-Vertun.

Auferstandene sind ganz in sich gewogen und bewegen sich voll Grazie über Steg und Flor. Den Meistern gleich ist ihre Lebensattitüde und ihr Sein verkündet das Ich Bin vor aller Augen, ohne es zu sagen. Reiner Wonne zugetan, erreiche Ich in ihnen das Begründen einer Seins-Kultur von allerhöchsten Graden und bedeute Mir darin den Grund- und Schlussstein im erhabenen Gewölbe eines Menschentums, das Ich in diesem zauberträchtigen Äon geschaffen. Erfüllt von cherubinischer Gelassenheit und Güte atme Ich darin Glückseligkeit in vollen Zügen und erfahre Mich als Es in makellosem Mich-in-ihm-Verfluten.

1.2
Es gibt nur das Ich Bin, um eines Menschen letzte Würde und Glückseligkeit wahrhaftig zu begründen. Hier fallen alle Schranken und Behinderungen vor dem einen strahlenden Erkennen, dass das grenzenlos erhabne Sein in allen Regionen des Bewusstseins ganz dasselbe ist und dass es immer in sich selber Absolutheit, schöpferische Freiheit und schlussendlich ewiges Frohlocken findet. Ja das ist und bleibt für jedes Menschenwesen so, doch muss es erst erkannt sein im verschlung'nen Labyrinth der Seelentiefen. Kraft von Kraft ist da vonnöten, unerschöpfliches Vertrauen, Gehorsam und Respekt den unsichtbaren Mächten gegenüber, die uns geheimnisvollerweis durchwallen und durchtönen.

Welches Jubilieren fällt dich an, wenn du zuzeiten in des Schweigens Heiligtum und Heilkraft ruhst, ganz der Betrachtung deiner Wesensmitte hingegeben. Fraglos und beseligt bist du eine Insel reinen Dich-Verströmens in das Reich des Ewigen, das dir künftig angehört in vollen, feingefühlten Zügen.

Du darfst dich künftig ohne zögern Seinserlöster nennen, Wissender und Wirklicher der Sphären und darfst dir selbst beweisen, dass kein Jota deines Selbstbewusstseins untergeht, solang du hellwach dich erinnerst an das Heil und die Berufung, die in dir geschehn. Lichterloh begeistert bist du an dem Einen, das dich stählt und aufrecht hält in deiner Wanderschaft durchs Leben. Kein Ereignis kann dich mehr betrüben in dem Sternenwohl, das dir in Mir beschieden und besiegelt wurde, wunderbar.

Es zieht das Freudesein allwie ein Frühlingssonnenstrahl in dein Gemüt und taucht es in die Sphäre reinen Friedens, den es sich so lang ersehnt und der ihm nun zur hellen Wirklichkeit geworden.

Heil, heil der vielgeliebten Schau auf was du Bist in Mir und Meinem Dich-Begründen. Liebevolles Hingewendet-sein zum Ursprung aller Dinge, der in allem und durch alle Zeiten wirkend und beseligend verborgen liegt.

1.3
Gehörst du dir, so singen alle Brünnlein des Gemüts dir jubelnde Holdseligkeit entgegen. Du bist erwacht im Jenseits aller Dinglichkeit und freust dich an dir selbst in Seinsbewusstheit, Sammlung, Heiterkeit und Harmonie.

Indem du dir so nah bist, öffnen sich dir alle Himmel der Begeisterung am Leben, Lieben, Sein und Wagen. Als Strahlenleuchte stehst du da und brennst Verkündigung der Hoheit des Gewissens in die Sphären.

Bis zum Grund die Weltenpoesie berühren heisst, mit ihr verwandt zu sein in bezaubernder Grandezza, Grazie und Liebenswürdigkeit, die dich allesamt gekonnt und ungestüm durchstrahlen. Du machst es gut, indem du deines Machens Sklave bist in der Präsenz des Überirdischen in Schaffenskraft und Lust, skurrile Dinge zu gebären. Du weidest dich an dir und weidest deine Schafe auf den fettsten Kräutertriften, die man sich denken kann. Als Fabelhafter gehst du stolz und sieggewiss einher und trägst dein Scherflein bei zum Wohllaut des Gezwitschers, das die Paradiesesvögel fabulös vollführen.

Die Machart deiner Werke ist der Sternenwelt entströmt, in der du dich seit eh und je befindest und die dein Ein und Alles ist im Lebensfluten. Güte strahlst du zu den Deinen, Wohlklang einer Melodie von Sicherheit, Geruhsamkeit und göttlichem Bewähren. Du gewährst dir alles nach dem Mass der wägenden Behutsamkeit und sendest Zartheit ins Begegnen und Verstehn.

Machbar ist dir alles, was du willst gestalten und erhalten, leisten und bestehn. Du bestätigst dir, was Leicht-Sinn unerschütterlich vollbringen kann und tauchst in alle Gründe deines Seins, um daraus Wohllaut, Sagenhaftigkeit und Süsse zu erstehn.

Wie gut tust du daran, dein Glückerfühlen darzutun für jene, die es brauchen. Denn es schenkt sich leicht, wenn man die Fülle in sich trägt und Schönheit singen kann aus voller Kehle. Als in einen Bund der Tapferen getreten, gehst du stillen Haupts einher und schüttest Weisheit auf die Fluren. Du gewährst, was ewig ist zu nennen und währst solang, wie deine Fahnen auf gottseliger Erfüllung stehn.

Nimm Abschied von den Deinen ohne Scham und hinterlass den Eindruck liebenswerter Grösse und Bezauberung des Augenblicks, dem du dich hingegeben. Was man alles sagen kann in einer Stunde der Begeisterung, das nenn' Ich dir. Es entstammt der Fähigkeit, ganz frei herauszureden, was eben ins Gewissen kommt, um so den Welttag zu bereichern und das Leben zu verschönen und ihm dich zu versöhnen, liebevoll und wahr.

1.4
Der Menschenkosmos ist im Weltenkosmos eingeschlossen und erfährt sich als ein Teil von ihm, wenn sein Bewusstsein sich ins Sein erhebt und in die allerhöchsten Sphären.

Nicht zu lassen weisst du dich vor Freude, wenn du dich als Seiender erkennst im überweltlichen Gefüge. Das All heisst dich willkommen und begeistert sich daran, dass du in seine Weiten dich erhebst und Sterne bist und Räume und unendliche Veräusserung und wieder Innigkeit in wunderbar gesteigertem Dich-selbst-Erfüllen in jeder Blüte, jedem Zweig und jedem Menschenwesen, das deiner seinsbetrachtenden Barmherzigkeit anheimgegeben.

Du lebst die Freude als ein kosmisch Liebender in wahrhaftiger Bruderschaft mit jenen Kräften, die sich zum Aufenthalt Gestirne schufen, um dort ihr Sein zu pflegen und den Willen dessen zu erfüllen, der Ist und der in allem sich verwirklicht, was im All besteht und kommt, entschwindet, wach wird und entschlummert, um in neuer Würde und in einem neu bestimmten Sinnkreis wieder aufzustehn.

Mensch sein heisst, im Lauf der Evolution in allen Sphären sesshaft werden, um in weiterführendem Gedeihen Seinsgewissheit ebenso wie Seligkeit des Absoluten zu erlangen. Welcher Reichtum reiner Fülle käme diesem gleich, wenn du mit Gnaden überschüttet überwältigenden Schauens Glorie erfährst und sich das Lächeln des Erlöstseins über deine Züge breitet.

„Jetzt und immer Bin Ich", darfst du zu dir sagen und dich als das Sein erklären, das in selbstverständlicher Gelassenheit und Würde dich und alles Seiende belebt und adelt und erhebt. Sieh zu, wie es verstummt und hinter ihm das lockende Getriebe, derweil du ruhst im ruhigen Betrachten der Urewigkeit, der alle Zeit gehört und die sich in glückseligem Schweigen überall verbreitet und sich selbst erkennt, als das im Licht der Wonne und des Seins gelassene Verklären.

1.5
Es gibt persönliche Gedanken, die du pflegen kannst nach Lust und Laune in der Meinung, dass du denkst im Hier. Doch ebenso gewiss gewinnst du Kunde von dem Denken, das Es in aller Redlichkeit in dir vollzieht, derweil du schweigend da bist vor der strahlenden Unendlichkeit, die sich in deinem Innesein erhoben.

In diesem Zustand bist du der bescheiden Lauschende, auf was die Dinge der All-Herrlichkeit dir leis besagen. Es offenbart sich dir das tief verborgene Geheimnis deines Seins in wunderbarer Weise, als Erkenntnis und Gefühl.

„Hieroben Bin Ich, was das All gebiert", darfst du dir sagen lassen und darfst dich als das Es begreifen, das in allem Seienden die erste Geige spielt und das was zählt bewirkt in allen weltlichen Belangen. Es macht dich gnädig zum Patron und bleibt doch selber hocherhaben über alle deine Angelegenheiten. Es schweigt, derweil du redest und redet doch beständiger in dir, als all dein wissendes Erklären.

Und was sind die Gefühle, wenn sie sich vom eng begrenzten Wirrwarr deines Eigenseins ins Ewige erhoben haben: Nichts weiter als ein einig unveränderliches Strömen von Glückseligkeit und Wonne an dir selbst und an der Wirklichkeit der Sphären, deren unverbrüchlich Teil du dir geworden. Ins All-Räumliche erlöst, willst du nach keiner anderen Behausung fragen; der Beseligung anheimgegeben, brauchst du keine Tänze mehr und Lustbarkeiten weltlicher Manier. Du Bist in dir das Schöne in Person, das Weise wie das Seins-Barmherzige, das alles Seiende in seinem Innersten versteht und Anteil hat an seinen Motivationen. Du lebst und webst in allem, was sich emsig und gerissen, locker und galant, erhaben und bescheiden durch die Welt bewegt, wie träumend, wenn es noch so wach sein will in seinen schiren Ambitionen. Du bist der einzig Wache im Gewühl, der Alles-Überschauende im kunterbunten Leben. Dein Götterblick durchschaut, was Mauern sind für Menschenaugen; dein Einfluss greift in jede noch so tief verborgne Zelle und veredelt und verwirft nach dem Befund der Seinsgerechtigkeit und dem erklärten Willen, das Gute zu erhalten und das Schlechte wegzutun.

Manifest der Güte Bin Ich, wo Gestaltung sich erhebt, Meisterschaft im liebevollen Gluten, unbändig Wissen um das hehre, das wie eine Sturmflut durch die Zeiten fegt und Allgewaltiges in Szene setzt, nach Meinem Willen und Befehl.

In Glanz und Weiten lässt sich zudem trefflich ruhn. Es ist die makellose Stille irgendwo im Weltenbrausen, die Mich so begeistert und im Weiselosen darstellt, dem Ich Mich voll Zärtlichkeit vermähle. Denkend Bin Ich alles, was sich denken lässt in

Meinen Gärten graziösen Blühns und wunderbaren Wohlklangs des Aroms, das sie verströmen. Abgeschieden und vereint mit allem wandle Ich durch sie in leisen Schauern des Beglücktseins und der Labsal ohne Ende. Seinsbeglückt und selig fei're Ich den ewigen Tag in Meinem Mich-Begründen und gestalte was Ich will in Meiner schaffenden Bravour. Wohlgesetzt und heiter ist die Fülle Meiner Taten und Mein Universum eine Pracht des Gloriosen, zeitlos im Vorüberwehn.

1.6
Eine Gabe wunderlich trägst du von dannen, wenn du bei Mir bettelst um das Ich, das dich ermannen soll in deinen reifen Tagen. Es ist die Kraft des lupenreinen Deine-Gegenwart-Gewahrens im Erkennen deiner selbst, indem du Mich erkennst, indem Ich dich erkenne als das wahre Wesen der Unendlichkeit, das Ich dir Bin in deinem Dich-Begründen.

So du Mich erkannt hast, kennst du aller Dinge Lebenspendendes Arom, den Hauch der Güte und des Heils, mit dem Ich alle Welt begabe, wie die Fülle der Glückseligkeit, die Mich in dir befriedet und beseelt.

Eine Leier schenk Ich dir von auserlesner Güte, mit der du Mich besingen mögest durch den Freudentag, in dem du lebst und webst wie neugeboren. Ich webe mit und pflege, was du Bist in deinen Runden, als Mein seinsgesegnetes Idol voll Weisheit und Gelehrtheit des erkennenden Elans, mit dem Ich dich begabe.

Trau dir in Meinem Strahl das Allerhöchste zu, das sich erheben kann in deinen Wundern und begreife, dass sich dein Allmenschliches vollendet und erfüllt in Meinen wundervollen Sphären.

1.7

Zum Ganzen ist auch Mein Bewusstsein feierlich hinzuzuzählen. Was so leichten, lichten Flugs daherkommt, kann nur schwebende Begeisterung und graziöse Meisterschaft, das Wirkliche gebärend, sein, das über aller Schicksalsschwere thront im unergründlich glückerfüllten Reinen.

Ich halte Mir vor Augen, was beständig leis und locker im Gewissen aufersteht, von dem Ich seinsbewusst und siebenselig allerbeste Nahrung zehre. Ich weile im Olymp des göttlichen Gebietens und gewahre Mich im Heil der hunderttausend Animationen, die das viel zerstreute Volk zum wonnevollen Einigsein zusammenführen. Barhaupt stehe Ich am Strom der Generationen, der gelassen und gezählt ins Meer der Einheit aller Dinge, Wägbarkeiten, Wirkungen und Wesen führt, die Ich befehle und auf's Zärtlichste dem Sein empfehle.

Lass es gut sein, wenn Ich Meine Meinung sachte zu der deinen mache in der Stunde mitternächtigen Begrüssens deines Mich-Umwehns. Ich geniesse es, dir aller Weisheit Born und Brücke, unversiegliches Geflüster und Geleit zu sein im Unergründlichen, das Ich in leicht gefasster Weise strahlend präsentiere. Ich weiss Mich sicher und geborgen in der Raumgestalt der Cherubine, die dem Göttlichen in Seiner unverhüllten Pracht ins liebevolle Antlitz sehn. Ich währe in Wahrhaftigkeit und Güte, allem Weltenhader ausgespart und trage allergrösste Sorge um das Seinsbewahren, das Ich in Mir spriessen und auf's Lieblichste erblühen seh. Schick Mich nimmer von Mir weg, ruf Ich beständig aus den Tiefen Meiner Zuversichtlichkeit ins hehre Wachsein Meiner Züge, die sich voll Seligkeit ins grenzenlose All verbreiten, ohne je ein Ende abzusehn.

Das ist nun die Erfüllung Meiner allerbesten Taten in der Innigkeit, in die Mir glückt, Mich zu befördern und die in lichtem, dichtem Sonnesein und Strahlen alles überbietet, was sich da an wundervoll Getragenem ereignet in den Sphären.

Nun geh Ich hin, der Dankbarkeit ein Lied zu singen, das Mir nie verhallt und das so seelevoll und heiter in die Weiten sich ergiesst, dass alle Seligen darob Entzücken und Bewunderung in sich verspüren. Ich reise auch und reise gern durch Meine Unergründlichkeiten, tragend Mich in Minne dorthin, wo die stärksten Triebe des herzinnigen Elans zum königlichen Zuge kommen. Da lass Ich Mich mit neuer Sicht und Sicherheit verwöhnen, seinsgeschwisterlich, behutsam, fabelhaft und wunderschön.

1.8

Was die Menschennöte lindert, was vermag zu Heilen und das Ganze positiv zu werten, ist die Kraft des Wunderbaren, die Ich in dir Bin und die in majestätischer Gelassenheit des hehren Amtes waltet, das Ich dir vertrauensvoll ins Herz geladen.

Beschwingt und heiter gehst du dann einher, wenn du durch Mich erkannt hast, welche Kräfte und Gewalten in dir wohnen. Du gewinnst die allergrösste Achtung vor dir selbst durch sie und merkst dir ihre Züge in der lebensvoll gestalteten Vermählung irdischer und göttlicher Belange in der Zeitennot.

Indem du schweigst, derweil Ich in dir rede, gewährst du Mir Entfalten der Allweisheit, die Ich Bin, in dir und deinen Angelegenheiten. Du entpuppst dich als ein Meister der Gelehrsamkeit in Meinem Dich-Umrunden und erklärst dich als gewappnet und gefeit vor allen dräuend in der

Menschenzukunft lauernden Gefahren. Dein Bild von Mir ist so von Goldgewirk und Liebenswürdigkeit geschlagen, dass du wie gebannt und freudestrahlend vor ihm stehst, um dich an seiner Gloriole zu erlaben. Gekonnt und zuversichtlich lässest du dich führen von der hehren Absicht, die Ich mit dir hege und gewährst Mir laufend, was Ich will im Weltenbund kreieren. Erachte es als gut, wenn Ich mit dir, wie mit dem Ganzen der unendlichen Verschiedenheiten Meines Götterspiels, Beschäftigung betreibe, denn es steht geschrieben: was Ich immer tu' ist wohlgemess'ne Eigenart, die Frieden bringt, Glückseligkeit und Harmonie ins widerspenstige Gefüge.

Ich lass' dich hoffen auf ein stetes Wiedersehen mit den Deinen über die Äonen hin, die Ich vor dir verbreite und in dir zum glänzenden Erwachen bringe in Bewusstheit, Seelenstärke, Seinsbedeutung und Gewähr für unermessliche Vollendung, die in allem liegt, was Ich betreibe. Die Blüten, die du treibst, sind als ein Abglanz des unendlich Schönen zu betrachten. Sie sind Zeugen einer Welt von Anmut, Grazie und Wohlgeformtheit in des absoluten Könnens Akribie und in der Kunst des köstlichen Geniessens der Errungenschaften, die Ich Mir zurechtgelegt in weisem Aneinanderfügen.

Strebe nicht und lass Mich in dir streben nach der Glorie des Siegens über alle Unbill der Gezeiten, nur Mir selbst verpflichtet und gehorsam Meinem auserlesenen Instinkt für seidenweiche Seinsgenüsse, die Mir wie mit gold'nen Lettern zugeschrieben sind.

In Mir ist alles gut und Güte der Barmherzigkeit am Leben. Sei gewiss, dass niemals dich ein Mangel wird erreichen, all so lang, wie du in Mir Bist und wie Ich in dir Bin der eine, unversehrte und allmächtige Gefährte aller Dinge und Geschöpfe im Allhier.

Erbaue dich an Meiner Redlichkeit und sei gewissenhaft und redlich im Erbarmen an den Wesen, als von Mir ersonnen und erwählt. Bade dich im Glück, des Fluidum Ich dir gar liebevoll versende und gewähre dir und allen deinen Lieben die Ermunterung, die dich umströmt aus Meinem ewig wohlgemuten Schoss.

So endet Meine Pracht des Unterweisens mit dem schlichten Hinweis: Sei du immerwährend Mein und sei Mein seinserhabenes Gebild aus Wohlverstand, bewusster Seligkeit und Stille des Gemüts im Wunderbaren, das Ich dir für Zeit und Ewigkeit gedankenvoll entbiete.

1.9
Meines Unterweisens Drift kommt von den höchsten Höhen, die Ich innehalte, als von Mir gegeben und geführt, von Mir erschlossen und besiedelt in der selbstverständlichsten Manier, die man sich denken kann.

Geradeaus gegangen Bin Ich immer auf das Ziel, Mich selbst zu kennen und den Eigenwert zu nennen, der Mir zusteht im Unendlichen, im Fluidum der Lauterkeit und Güte, der Bewusstheit und der Seelenseligkeit, die Meiner Gründe Wesen sind, bestens erwogen, lupenrein und sonnenklar.

Nicht Trabant, doch Hauptgestirn in strahlender Vollendung, Bin Ich Mir seit eh und je in Übereinkunft mit der eig'nen Stärke, wie mit dem auf's beste in Mir selbst besiegelten Verständnis der Allherrlichkeit, die Meines Wesens Blüte ist und Sinnkraft, Fabelhaftigkeit und seelenvolle Harmonie. Es ist die laut're Wahrheit, wenn Ich dir besage, dass Mein schöpferisches Flair die allerkühnsten Phantasien noch bei weitem überflügelt und dabei erstaunlich zart und zierlich, weidenschlank und unverwüstlich durch Jahrtausende daherkommt in der Seinsphilosophie, die Ich betreibe. Ich mach es wahr, dass aller Welt die nachtgeschmeidigen Sterne leuchten, dass der Himmelshorizont errötet in der Morgenfrüh und dass er sich im Farbenfeuerspiel verliert in abendlichten Räumen. Gerundet und gesundet ist, was Meiner Eigenart entspricht im Allgefüge. Ereignisvoll Bin Ich ins Zeitliche geschrieben, das allem Menschlichen obliegt zu absolvieren, derweil Ich es von innen her mit Meinem Segensspruch bedenke.

Ich treib es bunt, geruh Ich noch zu sagen, in Meiner Sphären-Überschwänglichkeit und Grazie, Bedeutsamkeit und wohlerwognen Ruh, denn meine Äusserungen sind von Weisheit eine See und von Gewissenhaftigkeit ein unermesslich Strahlen. Was kann dich von Mir mehr begeistern, als die über alles hingewehte Liebe, die Ich zu den Dingen, Wesen und Errungenschaften Meines Waltens hege. Was kann dich mehr entzücken, als die Inbrunst allen Mich-Verströmens weit und breit in Kosmenräumen, indem Ich Mich als der unendlich Dezidierte offenbar. Du schweigst betroffen, derweil Ich dir das Alphabet der guten Gaben, die Mir innewohnen, ins empfangende Gewissen lege. Stärken will Ich, was Ich im Unendlichen gebar und seinsverklären, was sich zu Mir wendet, mitten in der Aberration der Tage.

Taufrisch und gediegen, heiter und gedankenfroh entwinde Ich Mich dem auf's mannigfaltigste entfachten Weltgetriebe und entschwinde ins Betrachten der Mir selbst erwies'nen Gunst in allen Regionen Meiner Wirksamkeit und Glorie, die immerzu Mein Lob und die Mir innewohnende Begeisterung und Wonne als das Nonplusultra der Gewähr und Seinsgediegenheit verkünden.

1.10
Seinsgemäss ist Heiterkeit und bravouröse Stärke, Geistesgegenwart und unumstössliches Vertrauen auf die Güte und Vortrefflichkeit der Himmlischen, die in ihrer Anmut Wesen dort verweilen, wo ewiger Frieden und Gerechtigkeit, Glückseligkeit und Grazie des Miteinander-Umgehns herrschen.

Ich bilde Mir nichts ein, wenn Ich dem Kommen der Gezeiten gloriose Höhendrift besage, derweil Ich in Mir ein Bewusstsein von erhabener Präsenz und Sinnkraft konstatiere.

Der Hierarchie der Überzeugten zugeordnet, leiten wir die Ströme der unendlichen Vollkommenheit zu den Bewussten und Erhabenen, die ganz im Einklang mit der allerhöchsten Weisheit stehn. Ihre Stärke ist des Seins Befehl, der sich in alle Winde breitet unverzüglich und die Wirklichkeit bewirkt, in der die kosmischen Belange sind und leben. Das Seinsgeschwisterliche tritt in Aktion in Herzensgüte und Bewunderung der Qualitäten, die sich die ausserordentlich Begabten schon errungen haben. Sie erfüllen, was der Fülle der Gedankenwelt entspringt und beugen sich der lächelnden Vernunft, die sich voll Sanftmut niederlässt in ihrem all so zärtlichen Beschauen.

So wandelt sich die Welt geflissentlich dem wunderbar Harmonischen entgegen, das, vom Höchsten intoniert, in Weltenklängen sich verbreitet von unnennbar reiner Süsse des Geschehns und von Erfüllung ohnegleichen, an der die Seinsglückseligen beneidenswerten Anteil haben.

1.11
Bin Ich der Herr, dein Gott, so bist du demzufolge vollends Mir ergeben. Keine Not, kein Beben, das Ich nicht von dir erspür, kein Leuchten deiner

Augen, dem Ich nicht Beachtung zolle. Indem du Bist in Mir, verbrüdern sich die Dinge unseres Erwartens zur all-einen, makellosen Schau von überragendem Bedeuten. Hab Ich dich für diese Sicht gewonnen, bist du der Gewinner eines majestätischen Erkenntnisguts, von dem man wahrlich sagen kann, es sei geschliffen und poliert, dem Reinen, Feinen angemessen, das Ich Bin und wie die Spreu vor'm Winde ständig vor Mir hergetrieben. Überrascht es dich, dass du zitiert wirst wie am Schnürchen als in einer Reihe stehend mit den Seinserrungenschaften, die Ich Mir in dir gewähr und die die grösste Beute sind, die du seit Urzeit mit nach Haus getragen. Verlass dich d'rauf, dass sich Mein Sein wie ein gediegnes Goldgeäder durch dein Wesen zieht und dass es Makellosigkeit gebiert im Intonieren einer Melodie von fabelhafter Süsse. Denn es weiden sich an ihr und scheiden sich die Geister, weil die einen Überschwänglichkeit und andere Angemessenheit in deinen Wundern sehn. Vertrau auf deine eigne Kompetenz im Unterscheiden und entdecke dich als das Gewissenhafteste und Unbe-scholtenste, das sich als Träger der Allwirklichkeit entpuppt im farbenprächtigen Flüggewerden, sowie in Meiner lauen Frühlingswinde Rauschen. Hebe dich Mir auf und Ich erhebe dich zum Königtum der heiss ersehnten Güter der Allherrlichkeit, die dir von Mir zu eigen, ohne Wenn und Aber, jetzt und immerdar.

1.12
Seinsberühren mag sich nennen, was der Zustand absoluter Gleichgewichtigkeit, Glückseligkeit und Lebenswonne ist, die sich in Mein Gewissen schreibt, wenn Ich so Meine Daseinswirklichkeit betrachte und überragende Gewissenheit Mir verleihe

von des Göttlichen unendlich ausgebreitetem Bewusstseinspool.

Beredten Schweigens weile Ich in Mir, wie in den Meinen und verkünde Heiterkeit und Liebenswürdigkeit, Lebendigkeit und Lichtheit sonnenklar.

Galant und unverwüstlich in das Sternenall gegossen, äussert sich Mein Wesen in der Schätzung Meiner selbst, die Ich im Strahlenreich begründe als Mein Sein und Meine Würde, Meine Lauterkeit und Mein so zärtliches Idol der Innigkeit im Leben. Daraus ergibt sich eine Einheit von bewundernswerter Dichte des Sich-rein-Um-fangens-aller-Dinge-im-erstrahlenden-Azur, ein Rauschen feingefühlter Seinsgeselligkeit, allwie ein silberglänzendes Glückseligsein der Wesensglieder Meiner All-Präsenz in Meinem Mich-Durchströmen. Mein Atem gibt Jahrtausenden Gewähr des Überlebens und Bestehns im waltenden Gerechtsein an den Siegestaten Meiner Provenienz und Sachlichkeit von Himmels Gnaden, auserwählt und in das Königreich der Herrlichkeit gezogen. So Bin Ich denn in dir, sowie du Mich erkennst, geheimnisvoll urmütterliches Lebenstauschen, das Ich inszeniere, warm und feurig, friedevoll und zart in Meiner Liebe unermesslich weitem Schoss.

Geisterstunde, Weihestunde nenn Ich, was so feierlich daherkommt als im Worterkräften aus der Einsicht in die Fülle gottgeweihter Sphären, die da sind und sind ein Zeichen reiner Minne im Gewähren wohlgemuter Seinsbekömmlichkeit und Grazie des Begreifens.

1.13
In treuer Trautheit seh Ich Mich von einer Wesenswelt der engellichten Leichtigkeit umfangen und erhalte Einsicht in das Wogen und Gewalten

unerhörter Kräfte des Gestaltens, zarten Webens, grandiosen Strebens und Gewinnens neuer Wirklichkeiten von Vollendung, Grazie und Gediegenheit ein strahlendes Idol. Seinslächler und Verschmitzter nenn Ich Mich in eigener Regie vor dem unendlich Heiteren, das Ich in Szene setze auf der Bühne wahren Lebens, das im Hintergrund sich abspielt, währenddem die Vordergründigen sich wie im Puppenspiel von Mir bewegen lassen, ohne es zu merken. Markant und selbstbewusst sind Meine Züge, derweil die Ihren noch verschwommen sind, ungeistig und dem Firlefanz verschrieben, den sie sich antun im verlor'nen Selbstverwalten ihrer Angelegenheiten. Ich Bin ihr Soll und Haben, Bin das Mass und das Vermessen ihrer Dinge, seinsbewusst und wahr. Ihr somnambuler Gang zur Mitte ist Mein Schreiten zur Allherrlichkeit des Seinsversöhnens, an dem Mir alles liegt mit soviel Schönheit des Gewährens einer Güte ohnegleichen, wie in des Lebens Klang und Süsse im Allhier. Jeder kann sie schmecken, wenn er Mich erkennt im Grunde seines Wesens und Agierens, seines Spöttisch-und Gefasstseins, wie im Ernst, den er der Sache seines Lebens widmet ohne Zorn und Zagen in der Seinsgefälligkeit und Tapferkeit, die seinem Seelensein in Sanftmut und Gediegenheit zu eigen.

1.14
Jugendfrisch und ewig heiter Bin Ich in des Seins Behutsamkeit und Stärke als in einem wundervollen Gastgeschenk von Himmels überwältigenden Gnaden. Du leidest und gehst unvermittelt ein in eine Schau von fabelhafter Seinsglückseligkeit und bist an ihr wie neugeboren und genesen in der Fülle der Erbauungen, die dir geschehn.

So trägt sich Geistgeschehn in wundervollen Sphären zu, die jedem Weltenbürger mit erhab'nem Blinken zur Verfügung stehn. Überwältigend wie Meereswogen schiebt sich Well an Welle reiner Wonne in dein Herzbefinden und du darfst dich zu den Glücklichen zählen, die aller Unrast bar in lieblich ausgestatteten Gefilden weilen. Was dich bedrückte, kam und ging dir wie ein Windchen leichterdings vorüber und behelligt dich nicht mehr.

Im Unermesslichen sind keine Wägbarkeiten mehr vorhanden und alles ist dir Trautheit, Heiterkeit und Liebenswürdigkeit im Wohllaut der Erkenntnis deiner selbst als Sein vom Sein, Beständigkeit vom ewigen Bestand und Lichtheit von des Weltenlichtes Gnaden.

Bewusstheit sondergleichen reiht sich in dein jubelndes Gemüt, derweil die Dinge des Behinderns tunlich schweigen. Du lächelst dir in seliger Gelöstheit Freuden zu und siehst dich wohlgeborgen im Unendlichen, das dich als in der Patenschaft der Götter mild umfängt und dir die Heimat ist, die zu erreichen du so lang ersehntest. Nun ist sie dein und dein ist die Gewähr für absolutes Einigsein mit den Geliebten höchster Majestät und den Begleitenden mit ihrer Würde und mit ihrem Seidenglanze in des Seins Idol.

Wahrhaftig ist hier eine Wirklichkeit gediehen von erschütterndem Vereinen eines Seelensangs mit den Gesängen der Allherrlichkeit und Güte, der bedenkenlosen Seinsentschiedenheit und Heilkraft, die in makellosen Schwüngen ihren Weg in deine Seele finden und sie in den Himmel der Gerechten ziehen lassen. Geh zu Gott Geliebter, rufen dir die Engelwesen zu, die wie die lichte Seligkeit bezaubernd dich umfliessen. Öffne dein Gewissen deinem Schauen und erheb' dich zur Geselligkeit mit den erhab'nen Geistern gütevoller Ruh und lass dich nieder in der Unergründlichkeit und Grazie ihres Friedens.

1.15
Ich lebe in der Götterharmonie von Auserlesenheit und Güte des Gewaltens, von ehrenhaftem Wandel, wie von der Tauglichkeit der freigesetzten Seinsideen. Mein ist das ruhig hingehaltene Verwalten dessen, was Ich Mir mit liebevollem Wohlverstand erschuf. Nicht Nachtrag, sondern Vortrag steht mit strahlendem Bedeuten in Mein Seelensein geschrieben. Was immer Ich berühre, wandelt sich in Herzenstiefen einem Zustand der Vollendung, absoluter Zuverlässigkeit und Redlichkeit entgegen.

Ich mache aus der Sorge um Mein Glück kein Hehl. Im freigesetzten Menschengarten sind noch so und soviel Künste, Günste und Beschwichtigungen anzuwenden, bis die Charaktere sich in Einigkeit und Wohlverstand verstehn. Den Seinsbesonnenen lass Ich die Gnade walten, des Erkennens Meiner sonnenklaren Züge als in ihrem Allbewusstsein dargetan. Ihr Wirken ist ein Wirken aus der Einigkeit mit Mir und mit den Universenkräften, die Ich ihnen liebvoll zur Verfügung stelle. Schau und schau sie an, wie sie mit absoluter Sicherheit des In-sich-selbst-Beruhns agieren. Begeistere dich an der Art und Weise, wie sie genialen Glutens Meiner Sinnkraft Zeuge sind und wundervoll der Weltgemeinschaft vorgetragnes Spiel. Ich Bin es, der gewinnt in jeder rastlos und riskant betriebnen Aktion. Mit wissender Gewalt tret Ich hervor und mische würdig, weise und gebieterisch die Karten.

Verschwenderisch und seinsversponnen lasse Ich die Wimpel der Begeisterung in Frühlingswinden wehn und stürze Mich ins Abenteuer unsagbarer

Lust und Lustigkeit am Leben. Ich begrüsse die Gelegenheit zum Aufblühn im Vorübereilen und entdecke Mich als reizender Galan in den verwinkeltsten und wohlverborgensten Domänen. Meine Züge sind Bezug auf festen Willen zum Gestalten einer phantasieerfüllten Welt, in der die Schönheit, Farbenprächtigkeit und liebenswürdiges Gedulden absoluten Vorrang haben. Fehllos und würdig geh Ich so im Gloriosen durch die Zeit dahin und verschmelze im bewundernswerten Schmelz der Situationen vollends mit den Meinen. Wonne und Begüten sind das Ziel, zu dem Ich unverwandt und gläubig durch Äonendläufte strebe - im Unendlichen, das Ich Mir Bin und das Ich Mir in nie verebbender Glückseligkeit im Wunderbaren bleibe.

1.16
Nur den Faden nicht verlieren in dem Lobgedicht auf was Ich Mir bedeute, denn die Stimmung des Erhobenseins in Sphären der unendlichen Beschaulichkeit ist so berückend schön. Es walten die Geister, sie halten sich heiter in sel'gem Genügen mit fröhlichen Zügen und finden sich endlich mit all ihren Wünschen am sicheren Ziel.

1.17
Die Domäne Meiner Wirklichkeit ist Mass für Mass ein überragend fürstlich hingesetztes Rauschen. Weisheitskapitäne, willensstarke, resolute, zielbewusste, selbst erzogene und grandiose Abenteurer haben es geschafft, in Meiner Wirklichkeit die Zelte aufzuschlagen; sie gehören damit einer Seinselite an von ausserordentlich gewinnendem Begaben.

1.18

Wo Ich weile wird gelassner Friede sich verbreiten, wo Ich Meinen Liebessang erheb, herrscht Freude, Wohlgemutheit und holdselige Gewähr. Mein Schutz ist Mir Genüge an Mir selbst, Mein Lächeln eines leisen Winks Verheissung wundervoll verbreiteter Magie des Andersartigen in Meinen Sphären. Wie könnt es anders sein, wenn Meiner Lichtheit Züge sich so frei und rein und weise, liebevoll und zart ins All verströmen? Was du in allem, was Ich Bin, verspürst, ist Herzenswärme und Geruhsamkeit, ist makelloses Einssein mit Mir selbst und Friedefertigkeit im Reich der allerhöchsten Gnaden.

Ewigen Tages Bin Ich munter ohne morgendliches Grauen, Bin Meiner Absicht Zeuge, allem Fülle, Wert, Wahrhaftigkeit und Sanftmut zuzutragen. Mein befreiter Wille ist so spielerisch und schön, wie es die Wolkenschäfchen sind, die unbeschwert und heiter ihren Tag im strahlenden Azur vergrasen. Was Wunder, wenn noch alles, was Ich inszeniere, den Stempel wahrer Würde trägt und sich im Hauch unendlicher Glückseligkeit verliert, in der Ich Meine Seele unablässig bade.

Kommst du zu dir, kommst du zu Mir, will Ich dir sagen und dich herzinnig trösten auf der langen Fahrt ins Seinserwachen, als in eine Labsal ohnegleichen, die dich dann bewegt. Nenne Mir den Namen, den du von Mir weisst und Ich will dir unzählige dahinter fügen, weil alles, was da Ist, Mein Sein und Wesen offenbart und ganz besonders in dem All-Sinn, den Ich liebvoll mit dir teile. Trautheit, Güte und Gelehrsamkeit von höchstem Range sind Mir eigen und begleiten Mich auf Meiner Fahrt durch das Gedankenwogen aller Wesen im Allhier. Der Unbill - Mut und Tatkraft will Ich unentwegt entgegensetzen, der Abgeschottetheit das Einssein mit des Universums überwältigendem Stil.

1.19
Die Wahrhaftigkeit des Seins zu pflegen, Bin Ich Mir ein strahlendes Begründen Meiner Selbst in Losgelöstheit, Regenbogenzartheit, Sittsamkeit und Harmonie. Holdseliges Lächeln resultiert aus Meiner Lage des Gemüts im Wesensbild der Abgeklärten, die nur Mich in ihrem königlich gewordnen Dasein sehn. Wahrhaftig sind sie zu beneiden um die ruhevolle Grazie, die sie umfliesst und die das Merkmal ist für Unergründliches und namenlos Beglückendes in ihnen.

Die Gelassenheit des Absoluten mengt sich in ihr schweigendes Betrachten einer Welt von Herzensgüte, heiterer Beweglichkeit und vollnatürlichem Bewahren einer Zuversichtlichkeit, die keiner Grenzen inne wird im Selbsterklären. Ich banne alle Unmutsgeister, darf sich der Gerechte Meiner Günste sagen und befriede noch den leisesten Gedanken an verhängnisvollen Aufruhr und Radau in Mir.

Wo Mein Wahlrecht flügge ist geworden, gibt es nur noch Stellen wundervollen Seinserfolgs im grünenden Gelände Meines Spriessens. Erheiterndes Gesammeltsein lenkt Mein geschäftig Her und Hin, das eben wie die Ruhe selbst sich auf der Höhe wahrer Seinsverwirklichung vollzieht.

Ich Bin nicht prüde im Beweisen, dass es so auch geht und dass die Weisheit seinsgerechten Tuns sich mählich überall verbreitet, wo Ich Bin und wo Ich weile. Meine Strategie der Nützlichkeit und Stärke zahlt sich immer aus im Grunde, wie im Weltenbunde Meiner Provenienz und ehrt das Seinsgeschliffene in Meinem Über-Mich-Verfügen.

1.20
Du träumst. Als wie ein linder Schatten husch Ich deinem Sinn vorüber und du haschest spät nach ihm, zu spät, als dass du ihn erhaschen könntest, um ihn in die Fassbarkeit zu heben. Doch gewaltig unergründlich Bin Ich auch in dir ein Fahrender der tausend Künste des Sich- Recht-Verstellens, der von dir fordert und dir alles, was du willst, gewährt.

Du lächelst noch in Unschuld vor dich hin, derweil Ich dich schon packte, deinen Wechselbalg gehörig auszustieben. Du windest dich in Träumen, währenddem Ich wache und genau den Ort bezeichne und die Zeit, wo dir ein Unerhörtes zustösst, dass du dich bewegst hinaus aus deinen Tändeleien und Gesetzeswidrigkeiten, um der wahren Grösse deines Heldseins zuzueilen.

Komm und nimm! Von Mir gegeben ist die Glorie des Fürstentums, in das Ich dich entführe, wenn du an dich glaubst und deine innere Grösse scharf und ernst ins Auge fassest, um des Ausdrucks willen, der sich von dir will verbreiten. Du zögerst, doch Ich stoss dich unbarmherzig in die Lebenswogen und verleih dir Riesenkräfte, sie gewaltig zu bestehn. Und wisse du, Ich lasse niemals von dir ab in Meinem Wüten und Behüten, Tosen und Liebkosen, Sanktionen fassen und zu Ader lassen und des Heilens segnende Gebärde über dich in Fülle auszugiessen, dass du als tausendfach Beschenkter dastehst in des Lebens wundertriefender Partie.

Schwenk ein zu Mir und lass dich von der sagenhaften Milde Meiner Macht verwöhnen. Ich leide ja mit dir, was du erleidest, auf dem Höhenpfad zur blühenden Allherrlichkeit in Meinen Sphären. Ich hang dir an in hehrer Kleidsamkeit, wie auch in innewohnender Potenz des Lebensglutens, als von Mir begründet und genährt, von Mir erhalten und vollendet in der Pracht der strahlenden Unendlichkeit, die dir im Seinsgewissen wunderbar bevosteht und dich als ein Ritter adelt der Erhabenheit im Reiche der Verklärten. Ermanne dich zu sein und sei ein Wissender der Glorie Meiner Taten, die die deinen sind im Königstum des Welterscheinens, wie im geistes-abenteuerlichen Dasein, das du mit Mir teilst und kennen wirst auf ewig in der Seinsglückseligkeit und Harmonie der Sphären.

2

Freudenfülle im Gemüt

2.1

Bannend, spannend ist des Seinsbefehlens Rauschen, Tauschen und Verkündigen der ersten, wie der letzten Wahrheit in den Sphären des Allgegenwärtigen in dir. Schütze dich vor unbefugtem Einbruch - durch die Christuskraft, die dich auf dienen Ruf ummantelt und umflort. Es sei, dass deine Leuchtkraft Sonnenglut erreicht in wunderbaren Tagen des Bewährens und Vor-dir-und-deinem-Gott-Bestehns. An dein Gelöbnis hängen sich sogleich bezaubernde Geschwader lichter Wesen, die dein Treusein honorieren mit Gefälligkeit und Freudenfülle im Gemüt.

Ellenbogenfreiheit hast du zu gewinnen in der Schar der ungebet'nen Gäste, die dein Sein geflissentlich durchziehn. Das Kosmische durchschwingt dich in der Tat, als hätte jemand in dir eine Riesenglocke leise angeschlagen.

2.2

Hocherhaben, heilig und gewaltig schön ist alles, was Ich hier als Meine Gegenwart bezeichne und dabei in Seinsgeruhsamkeit und immanenter Stärke seelenvoll verweile. In Mein Sein geschlossen und doch frei, erkläre Ich Mich als vollends gesichert und gesundet, seinserhaben und gerundet in unendlich kummerlosem Mass. Scheulos und subtil verrichte Ich Mein Wesens Soll in der nimmermüden Attitüde des gereiften und verbrieften Meisters aller Dinge, die da sind und seiend ihren Wert bezeugen.

Unnachahmlich von der Eleganz der Seinsergriffenen getragen, überlebe Ich im Kommen alles, was geprägt, bewertet und belegt - verging an seiner eignen Schwere. Ich überzeuge, wo noch alle Zeugen fehlen und überwinde ohne nach den Höhen hinzusehn. Mein Wort ist Klarheit und

Geklärtheit der Substanzen, die bedeutungsvoll aus ihm erspriessen. Magst du Mich, so magst du alles, was in geisterhaften Runden seine lichterfüllten Himmelskreise zieht. Ich brüste Mich in Jubelsprüngen Meiner Seinsgerissenheit und Glorie des Entscheidens und mache Mir nichts vor, wenn Ich das noch nicht Abgeklärte und Bedeutungslose hinter mir verlasse.

Taufrisch und gediegen trete Ich vor alle Weltenfabelhaftigkeit und Lichtheit hin und weise ihnen Segen, Sinn und seinspoet'sche Anmut zu, die wirkend ihrer Wirklichkeit Gestalter sind im Absoluten, das Ich würdevoll in Mir vereine.

2.3
Alles Weitere will sich in Meiner weisen Wohlgeburt und himmelstrebenden Beschaulichkeit vollziehn. Ich merke Mir, was Ich schon weiss in kosmischen Belangen und überbiete Mich im Bieten einer Schau von überragenden Dimensionen: Allüberall Mein Sein in graziöser Unbeschwertheit und in grandioser Eigentümlichkeit des Ineinanderragens.

Ich Bin geschärft, gelassen und getragen von Mir selbst in der urwirklichen Vermengtheit alles Guten mit der Schönheit einer ewig leuchtenden Glasur. Ich strahle Mich im Spiegel der unendlich wirkungsvollen Tiefen, Stuf' um Wesensstufe selber an und überzeuge Mich von der elysischen Glückseligkeit, mit der Ich allweit, wundertätig und Mich selbst liebkosend Mich belebe.

Ich deute Mein Begehren als bewussten Aufwall der Holdseligkeit in Geistesgründen und erreiche lächelnd, seelenselig und genügsam Meines allerhöchsten Seinsbewusstseins Glorie in Räumen, Träumen und Verbindlichkeiten namenloser Süsse, heilig, heil und in sich selber Grazie des Himmels webend, wunderbar.

2.4
Eine reine Himmelfahrt ist's, die Ich in Mir unternehme, ein Aufschwung ohnegleichen Meiner mensch- und göttlichen Person. Ich zähle an den Fingern ab, was Mir bevorsteht, währenddem Ich durch Äonen schweife und der Strahl der glühenden Unendlichkeit Mich leis berührt, um Mir das Wie dazu zu sagen.

Blechern klingt das unverständliche Gerassel, das Mir die Heerschar der landläufigen Belehrer in die Ohren trillert, von des Himmels Sein und Widerschein im Hier. Denn in letzter Konsequenz kann nur die Morgenröte und der Aufstieg der Allherrlichkeit des Lichts in Meinem Innesein und Selbsterfahren Mich von jedem Gotteszweifel wunderbarerweis erlösen.

Aus Mir selber weiss Ich, dass Ich Bin das Urgeschichtliche in wesenhaftem Sich-Verstrahlen in den Geist der Generationen, der durch alle Völker weht, die Ich im All zum Dasein auserlesen habe. Das macht, dass Ich als das erhabenste und ehrfurchtheischendste, vernunftbegabteste und seelenvollste Wesen aller Zeiten in der Mitte alles Seinslebendigen steh, das gerade auch in dir zur allerschönsten Blüte soll gedeihen. Dies wird geschehn, indem Ich dich mit der Erkenntnis deiner selbst begabe, als in Mir begründet und gestählt, von Mir durchwaltet und gestaltet und durch Mich, allwie Elias auf dem Feuerwagen, ins Unendliche entführt.

Was Herrlicheres kann dir wohl geschehen, als die Verwandlung deines Sinns in das Bewusstsein der bewundernswerten Himmelsglorie und Grazie des

Allerhöchsten, die dir eigen. Was kann dich mehr zur Dankbarkeit erziehn, als die Gewahrnis dessen, was die liebenswertesten Propheten, Sänger, Seher und Beglaubigten des Lichts durch die Jahrtausende mit Vehemenz verkündet haben: Ein Raunen der Glückseligkeit wird dich in deinem Sein durchwallen, ein Lächeln wunderbar gesättigten Gelöstseins spiegelt sich auf deinen Zügen als das Bild des wachen Seelenseins in dir.

Kommt dich das überwältigende Seinsverklären und die wundersame Seinsvergöttlichung zuinnerst an, erwachen auch die Freudenströme des wahrhaftig Guten und Gerechten, Hochgebenedeiten, Züchtigen und Zärtlichen in dir. Du weisst, du Bist und willst es nimmer meiden, solcher Wohltat Zeuge und Bewahrer darzustellen, als an der Spitze aller Ruhmestaten, die ein Menschengott sich zur Verwirklichung erwählt.

Gelind gesagt, ist alles wie ein Traum von Schönheit und Erhabenheit, den Ich im überwachen Sinn erlebe und zugleich ist es absolute Wirklichkeit, die nur, vom Tagewerk geblendet, für ein Weilchen Mir verblasst, um wieder, wenn im stillen Nachtraum alles ruht, zur Orchideenpracht der wahren Lebensblume, lind von Wonne, zu erblühn.

2.5
Nun halt Ich Mich im Zustand der Glückseligkeit in makelloser Schwebe. All Mein Sinn und Sinnen ist nach dem gerichtet, was der Sternendom erzählt von Götterherrlichkeit, Holdseligkeit des Alls und von unendlich reicher Güte des Gestaltens einer Wirklichkeit, die alles Menschendenken haushoch überragt und angemessen ist dem strahlenden Bewusstsein, das die Seinserleuchteten sich angeeignet haben.

Es ist ihr Vorrecht und ihr Wissensschatz, in unerschütterlicher Kühnheit das Donnerwort „Ich Bin" als ihres Banners gloriosen Schlachtruf vor sich herzutragen. Sie sind in eine Sphäre des Bewusstseins eingetreten von alldurchstrahlender Präsenz, zu der sie selber auferstanden sind in wirklich und wahrhaftig dargebrachtem Weben.

Es ist das Sein erwacht in ihrem Sich-Begründen; in liebevoller Unerbittlichkeit gewähren sie sich, was das Eine sich gewährt in kosmischer Gelassenheit und seelenselig auserles'nem In-sich-selbst-Beruhn.

Das Alphabetikum der Seinsverklärten reicht vom Hier zu allen Himmeln der wahrhaftigen Gerechtigkeit am Leben. Sie haben sich den gloriosen Ausdruck ihres unermesslichen Gehalts erschwiegen und sind gemäss den Regeln der Unendlichkeit Geschärfte einer Wissenschaft des übersinnlichen Gewahrens und des Seins im Bunde mit den Geisteskräften, die da alles überschwebend und durchströmend in des Schöpferwaltens Überzeugung sind und darin ihre fabelhaft gedieg'ne und gesättigte, erhab'ne und verehrungswürdige Wohnstatt haben.

Dem Ewigen verwandt und eingebürgert sind sie die Garanten einer Welt von Liebenswürdigkeit und Stärke, von Gelehrsamkeit und Tugend, wie von absoluter Überlegenheit in allen noch so drängenden und zeit- bedingten Situationen. An sie ist nun der Massstab reiner Seinsgerechtigkeit gelegt, dem sie erkennend noch so gern Verständnis, fabelhafte Überlegtheit und verbriefte Wohlgesonnenheit entgegenbringen.

So sind sie vom Ich Bin durch eine Wunderwelt von unnachahmlich glorioser Grazie getragen, deren seligmachendes Vermögen Schauplatz wahrer Güte ist und Seinsglückseligkeit, in der sie immerwährend seelenvoll und heiter sind und leben.

2.6
Mein Bewusstsein steigt hernieder aus All-Welten in die Zeit und belebt die hingegoss'nen Glieder mit der Kraft der Ewigkeit. Munter wird und hell entschlossen, das Gebild der Menschlichkeit, Bin Ich bei ihm eingetroffen, ist es allsobald bereit, seinem Tagwerk anzuhangen in der Blüte neuen Seins, nach allherrlichem Erlangen, in des Menschenvolks Verein. Was Ich immer Mir gestalte, in des Lebens Sein und Flur, sind Gedanken, die Ich halte, auf des Werdens zarter Spur. Und Ich will und will Mich geben, ist es noch so winzig klein, voll von wunderbarem Leben, in den Schöpfungsakt hinein. All-Erbarmen will Ich nennen, was Mich durch und durch bewegt, will zu jeder Stätte rennen, die ein menschlich Leid bewegt und in Meiner Arme Binden, wird, wie Ich gezielt beweis, Ruhe sich und Frieden finden, schön und wunderbarerweis.

2.7
Mir fallen die Träume eines Gottes in dezenten Inkunabeln als Gesandtschaft höherer Welten silberglänzend in den Schoss. Vollkommen eins Bin Ich mit allem Fluss und Ziel, dem Wesen der Unendlichkeit vereint, das Ich Mir Bin, in wunderbarer Übereinkunft und beseelter Harmonie. Liebestrahlend schmücke Ich den Äther Meiner Zunft mit der vollendeten Beschaulichkeit, in der Ich wese. Ich lächle, fächle und beglaubige Mir Selbstbewunderung zu in allen situellen Seins-Wahrhaftigkeiten, in die Ich ohne Zögern Mich begebe.

Weltenschöpferischerweis entwerfe Ich Mir das Gebaren ganzer Nationen, indem Ich ihnen Schwung und Selbstgefühl, Gelehrtheit und gelassenes Agieren, Seinswahrhaftigkeit und helle Heiterkeit verleihe, generationenlang, gutgläubig und gediegen. Es rollen Standeskämpfe, Tragödien und verheerende Durchtriebenheiten durch Mein Tal. Doch biet Ich allsobald das glitzernde Gemurmel neuen Friedens an, wo die Gemüter sich auf das Verbindende besinnen und sich in einem Überschwang an Güte wieder recht und traut begreifen.

In der Euphorie der Sonnentage trachte Ich danach, den Glanz der göttlichen Gewähr auf's Neue in der Seelenlandschaft Meines Wesenseins zu etablieren. Es zieren sich die wachgewordnen Geister nimmermehr, Mein Werks gewaltiges Beginnen und Erringen einzubringen in das Zeitliche, dem Ich die Gnade der Beständigkeit verleih, wie die Geruhsamkeit der Aufgeschlossenen, die sich den Federbusch der Folgerichtigkeit der Taten stolz und selbstbewusst auf's Haupt drapiert und in ihm eingebettet haben.

Lass dich von Meinem Sang zur Seligkeit verführen, sag Ich dir in dieser Zeit der Stille und des frohen Seelenaufruhrs unter jenen Hirten, die das Wunder der Geburt des welterlösenden Verkünders wahrer Liebe nacherleben. Sie stammeln in der glänzendsten Verfassung ihrer Selbst dem strahlenden Geschöpfe Seinsverehrung, tätige Bewunderung und richtungweisendes Vertrauen zu. Es kam wie's kommen musste: in der Übereinkunft eines Götterrates mit dem Sonnenherold in der Menschheitsevolution die Markung zu errichten, die ihrem Wallen Richtung und Bestand erteilte, hin auf ein neues glorios gesetztes Ziel.

Meiner Machart kann am Ende nur die Güte des erhabenen Glückseligseins entspringen, so wie Ich's in Meinen Gründen unentwegt gewahr. Ins Sein erhoben, wogen sich die Myriaden Liebenswürdigkeit und Wachheit, Willkraft und Verklärung zu, um allem Wachstum endlich doch die Krone aufzusetzen, als das Zeichen des Erfolgs in allen Regionen, Regelmässigkeiten und Berichtigungen, die Ich Mir in ihnen zubereitet habe.

Das Wirktum Meiner Seinsnatur muss schliesslich immerzu in eine Glorie der Vollendung münden von sagenhaftem Glanz, von hehrer Redlichkeit und Stärke. Sie ist behutsam in die daunenweiche Liebelei der Seinsglückseligkeit gebettet, die sich erstreckt vom Anbeginn bis zur bewundernswerten Abgeklärtheit in den Göttersphären.

In Meiner Aktionen überwältigender Zahl so zärtlich wie die Hingegebenheit an sich, Bin Ich Mir der Erlöste und Gelöste vor der Morgenröte eines neuen Schöpfungstags, den Ich beginne und bestimme als im Sinne Meines Überragens und Betragens, Meines Mich Verwunderns und Bewunderns und schlussendlich Meines Seligseins und Meiner Wonne an dem unerschöpflich meisterlichen Spiel.

2.8
So suche denn, was droben ist, will Ich dir sagen. Teile dich mit Mir in alle Rechte, welche sich auf das so gloriose Sein beziehn und führe deinen Namen unter denen, die die grosse Prüfung meisterhaft bestanden haben.

Lechze nicht nach goldnen Fliesen, dir den Weg zu pflastern, den du gehst. Gerade deinem Ich sollst du um jeden Preis die Treue halten, sollst, was du Bist, zur gloriosen Geltung bringen in des Seins

Azur. Erreichen dann die Bilder von dir selbst allgöttliche Dimensionen, wirst du keins von ihnen wieder in das Allgemeine deines Tuns und Trachtens niedersinken lassen.

2.9
Bewusste Wachheit seh Ich strahlen über Meinem Haupte hin, seh in Meinen Seinsannalen, was Ich Mir geworden bin. Eine Fülle grosser Taten, hat Mich bis hieher gebracht, hat Mein helles Wohlgeraten, sanft und liebevoll entfacht. All dies habe Ich zu danken, dem gewaltig grossen Heer, wunderbar gefälliger Gedanken, niederwallend aus dem Sternenmeer.

2.10
Eins mit jeder Faser eines Weltgewissens von Erhabenheit und Süsse, von gewaltiger Entrücktheit und von einer Nähe des bewussten Innewohnens, welche dich erschrecken und zugleich begeistern könnte, wenn du nur erkenntest, dass es sich gerade so verhält in deiner Gründlichkeit und Wesensharmonie. Ich habe dich herausgeschält aus Myriaden durch das Leben taumelnden Geschöpfen, um dich wachzurütteln in dir selbst, dass du als Schauender die Welt mit andern Augen anders ansiehst, als es vor dem Schütteln und Erschüttern war.
 Ins Begreifen dich zu tauchen heisst, dir ein All-Wirkliches mit Vehemenz und Unerbittlichkeit, mit Redlichkeit und Schärfe einzuflössen, dass du von seiner vor dir aufgerollten Grazie entzückt bist in den höchsten Himmel der Begeisterung aufgehoben. Ich überlichte dich mit Weisheit ohnegleichen in eines Augenblicks gesundendem Befehl

und zupfe dich Mir zu, an allen Ecken und bedeutungsvollen Enden. Ich warne dich davor, Mir auszuweichen, weil Ich dich finde, wo du immer dich vergräbst, sei es in Schriften oder Lustbarkeiten, in Träumen oder tätigem Trug, an denen du dich schadlos halten willst vom Puls des Lebens, der dich fordert, sticht und quält, um dich voran und hoch und weit in Meines strahlenden Bewusstseins Glorie zu bringen.

Weinst du vor Freude? Ja, Ich seh dir's an, dass dein Bewegtsein in die Form der Tränen sich ergiesst, die alles, was du Mir geworden bist, besagen. Denn des Perlens warme Süsse hat sich dir gelöst, weil du erlöst bist von so vielen Wahnen, die dich in sich gefangen hielten und dich niedrig machten jahrlang in der Tage tausendfältigem Verwehn. Unerhörtes ist dir nun geschehn als Meine Morgengabe an dein Sein in auferstandener Bewusstheit, wie in der Glückseligkeit des Andersartigen, in das Ich dich galant und gütig, geistgerecht und blütenrein erhoben habe.

Ins Seinsertragen trug Ich deines Wesens Hauch und seines Inhalts Widersprüchlichkeit und Weltenzug, derweil sich nichts Ereignisvolleres ereignen kann, als der so radikale Zug zu Mir, wo alle Wandelsterne dir verblassen und nur der eine Fixe, Feste feierlich dir leuchtet und erstrahlt in Meinem Himmel der Gerechtigkeit am Leben und der Weisheit am Erfühlen seiner Signatur. So Bist du wie Ich Bin, will sie dir tausendfach bedeuten.

Du rollst dich wieder ein zu Meinem Dich-Begründen, sowie du dich entrollt hast und verästelt bis ins Myriadenfache Gehtnichtmehr. In dir Bin Ich zu Mir zurückgekommen, als zur Einheit aller Dinge, Wesen und Begebenheiten, die Mein Auslauf und Mein Einfall sind im grandiosen Allerscheinen, das Ich Mir zum aberwilligen Spiel erwählt. Und kosten will Ich nun die Süsse meiner Heimkunft ins Elysium des zärtlichen Beglückens Meiner selbst, als in der Ruhe des Gewissens und der wunderbaren Lichtheit, die Ich Mir im ewigen und seligen und sanften Innesein bewusst und liebevoll verstrahle.

2.11
Gefahren gibt es noch und noch in deinem Kunstbetrieb von selbstischem Gebaren. Du steckst dich damit selber an und nennst dich heiter, unverbraucht und ausgewogen, derweil der Wurm in dir sein Werk verrichtet und dich innen wie den Apfel aushöhlt, bis sich die Fäulnis allen offenbart, die solche Zier zu schauen wissen.

2.12
So tief der Schrecken, so überwältigend beglückend das Erlöstsein von der schmerzensvollen Tour. Die Wogen schlossen sich, die du durchfurchtest, tosend hinter dir, dann lag vor deinem Blick der weite, silberglänzend stille Ozean des Lebens als ein Freudenfestliches gebreitet, dein Begeistern zu erwecken, deine Lust nach abenteuerlichen Szenen, wie dein Sehnen nach vollendet zärtlich hingegossner Wesensruh.
   Im reinen Lichte, sag Ich, darfst du sie empfinden, in des Leitsterns scintillieren, wie im faszinierend schillernden Gedankenmeer, in dem sich dein Bewusstsein, satt von Wonne, findet und verklärt.

2.13
Haltung gewähr Ich Mir aus absoluten Gründen. Am eignen Schopfe zieh Ich Mich aus dem Morast und trage alles Widersprüchliche der Welt als einen

Schatz im Acker Meiner Art zu überlegen, wohlverwahrt hinüber in die Zeit, wo du begreifen wirst, was Ich so meine.

Von Mir selber nable Ich Mich ab und stürze Mich in Abenteuer, die den Seinsvernünftigen das Haar zu Berge stehen lassen, derweil sie bei Mir gang und gäbe sind. Im andersartigen Rumoren wirfst du Dich in Meine Arme und kannst so eine Sagenwelt erleben mählich als ein Wunderbares in des Seins Geviert im Glamour deiner Eigenheiten.

Besinnung auf dich selbst will Ich dich lehren, Begünstigung der eignen Kräfte, so wie Ich sie formuliere und verankere in dir. Ich auferlege dir das Schweigen, damit Ich endlich in dir reden kann in weisem Aneinanderfügen von bedeutenden Sentenzen und erwiesnermassen grandiosen Seinsgedankenfolgen, die vor dir erfunkeln, wie die Perlenschnüre im gewagten Ausschnitt einer Königin.

Ich seife dich gehörig ein, damit du rein wirst von den Schlacken, die sich pfundweis an dein Seelensein und deine wahre Wirklichkeit geheftet haben. Was denkst du wohl, warum Ich dich so schrubbe? Dass du frei wirst im Gehaben und dich traust, in Meiner Seinsnatürlichkeit zu schwimmen, wie ein Fischlein in dem glasklar schimmernden, brillant'nen See. Du wirst dich voll Vertrauen in die Grenzenlosigkeit erheben, die Mein Ein und Alles ist, befreit von allen inneren Nöten und wirst als wahrer Mensch an jenem Orte wallen, den du dir zugesprochen hast, bevor du in der Mutter wurdest und noch Seinbewusstsein warst in Meinem überwältigenden Gären.

Schau und schau dich innen an und sieh wes' Geistes Kind du bist, wenn alles fliesst und strömt im Zuge deiner in die Weiten stürmenden Gedanken, im freudestrahlenden Profil, das sie sich geben, wie in der sagenhaften Hoffnung auf ein

Besseres, das du dir vehement gewähren willst in deinem Dich-Verfluten. Ich trage dir das Banner der Glückseligkeit voran, von der du ewig träumst und die sich dir verwirklicht in dem Masse deiner Tüchtigkeit im Lesen Meiner Diktion und Güte, wie in deinem Alle-Zweifel-Überwinden.

Vorsicht trag Ich dir ins glühende Gewissen von dir selbst, dass dir kein Spekulieren in die Quere kommt, das dich verführt den Abweg einzuschlagen, statt auf Meinen Höhenpfaden ungesäumt zur Himmelsherrlichkeit zu streben, die so sehnlich deiner wartet in den Räumen geisteswissenschaftlicher Potenz und in beseelter Harmonie mit allen Weltgesetzen, die voll Weisheit vor dir ausgebreitet der Erfüllung harren.

Stellst du dich in Meine Reihen, kann dir keiner mehr mit Drohgebärden, Faxen und Verwünschungen, mit der Süssholzraspelei und mit fantastischen Begünstigungen kommen, denn du weisst, dass nur die schlichte Einfalt zur Erleuchtung führt, im Sinne Meiner Gnaden und Gerechtigkeiten, die sich als der allergrösste Trost erweisen in des Tröstens Meistergalerie von Meinem sammlerischen Flair und Überragen.

Abgeklärt und bestens aufgehoben bist du in des Seins überwältigend geschliffener Struktur, sowie du dich erkennst als Meines Handelns Inbrunst und Bewahren, Meines himmlischen Gelöstseins Pfand und Meiner Tugend seinsgalantes Fliessen. In Meiner Wachheit werden dir die Sterne als von innen her erblinken, weil sich dein Bewusstsein bis zum Ende Meines Alls erstreckt in Mir und weil dein Seufzen endlich noch die allerzärtlichste Erhörung fand im mählichen Entschwinden deiner Sinne und im Auferstehn der Sonne des Erkennens einer Herrlichkeit von hehrer Allgewalt und zartestem Gerinnen ins Empfinden einer Wonne ohnegleichen, in des wahren Seins Beglückung und Bravour.

2.14
Macht und Übermacht in Mir ohn' jegliches Begrenzen. Mein Beginn mag bei dir schon das Ende sein und Meine Vorfahrt dein Entschwinden. Ich stelle Mich nicht dumm, wenn Ich dem Feind begegne und finde allerorts Mein Publikum, es untendurch zu halten. Gewappnet Bin Ich, das zermürbendste Belagern auszusteh'n und ohne einen Deut zu wanken, denn die Glut des Widerstands in Meinen Reihen ist so grenzenlos, wie Meines Alls Befindens in der Jüngerschaft der Tage.
Ich Bin Mir, was Ich Bin, an jeder Stelle Meines Welterscheinens und gehabe Mich nach Meinem eignen Regelwerk in Treue, Tugend und Gelassenheit, wie einer der mehr weiss als alle Wissenschaft zusammen in der Welten Wissenseuphorie.
Mir klingt der Sonngesang von Myriaden ins begeisterte Gehör und alles, was Ich unternehme, findet seinen Widerhall in unerhörten Weiten, als von Mir begründet und bewohnt, von Mir erhalten und beseligt nach dem Mass der Übereinkunft mit den Wesen Meines Mich-im-Räumlichen-Verglutens.
Alles Hochgebenedeite trifft sich in den Kammern Meiner Huld und badet sich in dem, was Ich ihm als bedeutungsvoll, wahrhaftig und gediegen präsentiere. Ich schaue jede Münze, die Mir vor die Augen kommt, von beiden Seiten an und säume nicht sie zu verwerfen, wenn nur der geringste Makel an ihr klebt und Aufruhr stiftet in den so harmonisch vor Mich hin gebreiteten Bedingungen des Friedens,

deren Wunderwirken Ich Mich immer wieder neu verseh.

Im Azurblauen Bin Ich Mir Garant des liebevollen Weilens in des Lichts Bedeuten und Bravour. Noch ist kein Schimmer Meines Geistesstrahlens ins Gesichtsfeld der aus Meinem Paradies Vertriebenen gedrungen. Nur Liebe und Ergriffenheit vom Weltsein hat Mein Herzenslied gesungen, derweil es weilt in dem, was Ich in Meinen Rosenteichen hüte und herzinniglich begüte als Mein Eigentum und Meiner Wohlfahrt trauliches Gefieder.

Lächelnd lass Ich eine Episode nach der andern Meines Seins an Mir vorüberziehn und erkenne Mich in ihr als der Gewandte und Gesandte, als Geschwisterlichster aller sich Bedrängenden vor Meinem Thron und als Mich selbst Erlösender in allen Regionen Meines Seinsgeschichtlichen Elans.

In ihnen Bin Ich Mir die Wonne himmlischer Genügsamkeit und Wachheit sondergleichen im Bewusstsein Meiner Allnatur, in der Ich liebevoll und gläubigen Herzgefühls in Grazie und reiner Güte im Allewigkeitsgewissen wese.

2.15
Gesagt - getan, ein Machtwort das Gedanken gleichsetzt einer Wirklichkeit, die allsogleich mit ihnen da ist, wenn sie just geboren. So generiert sich alles Treffliche in Mir, wie in der Fülle aller Wesen, die in Meinem Sein ihr fabelhaftes Lebenswerk verfluten.

Gedankenschärfe ist in Mir ein hochpräzises und bedeutendes Agieren, das sich bald in Windeseile, bald in mustergültiger Getragenheit vollzieht und Meine Weise darstellt, Wirklichkeiten in der Geistwelt resolut und jugendfrisch zu offenbaren.

Ich erweise Mir die Dienste Meiner Willkür als in einer Freiheit des Gestaltens ohnegleichen, sei's in ausgesprochner Liebenswürdigkeit, wie mit der Vehemenz des zornig aufgeregten Räsonierens. Schon das allerleiseste Gedankenwehn erscheint den Dienern Meiner Zunft als Machtwort, dem sie unbedingt und punktgenau zu folgen haben.

Hellwach in Meinen Gütern, reihe Ich Bewusstes an Bewusstes in dezenter Unbeschwertheit und ereignisvollem Mir-Entsagen. Eine Blüte der Vollkommenheit ist alles, was Ich intoniere und mit sagenhaftem Glanz verseh. Tröstlich mag es für dich sein zu wissen, dass in Meinem Dich-Umkreisen Ordnung herrscht und Sitte, sachgerechtes Handeln und geschliffenes Vertreten einer Ansicht, die bei weitem dominiert vor allen ander'n Sichten, die da sind in riesenhafter Bilderzahl.

Ich grüne in der Grazie des ausserordentlichen Mitgefühls am Leben und verleihe allem, was Ich tu', den Wohllaut der Gerechtigkeit und Liebe, ohne dessen wunderbaren Atem auf die Dauer nichts bestehen kann im allweiten Licht-Erguss, den Ich vor aller Augen mustergültig inszeniere.

Dorfgeist, Stadtgeist, Weltgeist sind von Mir und lassen sich vom Sein in keiner Weise subtrahieren. Gerechter Gott, wirst du dir sagen müssen, was Bin Ich anderes im Kosmos der Erscheinungen als Es in unverminderter Potenz, bewegter Anteilnahme am Geschick der Myriaden, wie in Muttersorglichkeit am Wachsen aller Wesen im gewaltigen Allhier.

Das ist die Lösung aller Rätsel der gedanklichen Entschiedenheit, darfst du dir sagen und sie verlangt nicht mehr, derweil die ungezählten Menschenwissenschaften immer Grösseres verlangen. Eine sonderliche Güte ist in Meines Werkseins überragende Gewähr gelegt, die strahlt Beständigkeit und Wohlfahrt in den Äther Meines Räsonierens, ohne je das Ende ihres resoluten Wogens anzugehn.

Was Ich leisten will, entspringt dem Glück des Augenblicks, in dem Ich ständig wese und aus dem heraus Ich Meiner Sinnkraft Werdelust verströme. Eigenmächtig, tatenfroh und silberglänzend, wie Ich Bin, verweil Ich doch in absoluter Weiselosigkeit in Meinem allerinnersten und allerweisesten Vergluten. Ich weile ohne Absicht, ganz Mir selbst ergeben, in der Seinsglückseligkeit des Ewigen, dem nichts an Wonne, Würde, wunderbarer Ebenmässigkeit und Harmonie Paroli bietet in des Alls beseelten Regionen. Ich Bin Mir selbst Idol und lächle, was das Sein betrifft, Mir selber auserlesne Liebenswürdigkeit entgegen.

Dass die Lösung auch Erlösung sei, wünsch Ich dir Tür und Tor herbei, dass alles, was du tust, dem Einen dient und an der allerletzten Pforte höchstes Lob erfahre.

2.16
Benediktionen noch und noch lass Ich in dein Bewundern Meiner grossgewachsenen Projekte fahren. Ich überlasse dir's im Einzelnen zu zählen, was Betriebsamkeit und Schattenwurf, Galanterie und volles Ebenmass hervorruft, um die Sinngerechtigkeit und ausgesprochne Anmut Meiner Werke angemessen zu begründen. Ich lausche dem getrag'nen Hochgesang in allen kunstvoll dargebotnen Bereichen Meines Tätigseins, die auserlesnes Feingefühl und filigrane Seelenstärke Meinerseits verlangen.

2.17
Ein himmelweites Dehnen des Bewusstseins Bin Ich Mir in wunderbarer Harmonie mit aller Geistigkeit, die sich im Sternenraum bewegt und webend ihren Anteil einträgt ins erschütternd vielgestaltige Welterscheinen.

Ich erhebe Mich in allen Regionen zu Mir selber als zu einer Einheit der Geschäftigkeit und Würde von der überragendsten Geselligkeit, die man sich denken kann im Sternenall der denkerischen Eigenart von Meinen Gnaden. Ich habe Meine guten Gründe, unentwegt dem Netz der Weisheit, das Ich spinne, Neues figalant hinzuzufügen. So erbaue Ich Mich an Mir selbst und wirke immerzu aus freigesetzten Einzelheiten wundertätiges Vereinen und getragne Freundschaft unter dem bis ins Unendliche verzweigten Gottgedankenwehn.

Wie atmet sich's galant und gut im Guten, denk Ich Mir und wie getrost Bin Ich, seit dem Hinübergang in die so viel ersehnten Lande der Holdseligkeit und Unbeschwertheit, die sich in vollkommnem Frieden und in meisterlicher Ruh befinden. Von ihnen weiss Ich nur das Allerbeste herzusagen, denn es kann kein Jota eines Ungemachs zu ihnen dringen ob der Helle der Glückseligkeit, die sie um sich verbreiten und der mustergültigen Erhabenheit, die ihnen innewohnt in ihrem ewig frühlinghaften Blühn.

Einem solchen Freudesein kann Ich Mich wohl verschenken, weil es sich bedenkenlos Mir schenkt in wunderbarem Wesenswallen und in absoluter Treue zu den Treuen seiner Liebe, Lauterkeit und Harmonie. Ihnen läuten silberhell die Glocken reinen Wohlverstands im Guten, deren Klang wie nichts ihr Herz bewegt und ihrem Sinnen Labsal ist für Ewigkeiten.

2.18
In der Wagenburg ist gut und lässig leben; überleg dir das einmal. Es ist gesund und ist ein ständig Streben nach der Fahne des gerechten Seins. Und hast du dies nur leis begriffen, senkt sich dir ins wachende Gemüt ein auserlesnes Wortgeblüht, galant und wunderbar geschliffen. Darauf trägst du mit dir von dannen, was in deines Lebens Spiel ein wundertätiges Entflammen ist und unerhörtes Ziel.

2.19
Überreich und voller Gnaden, fühl Ich Mich in diesem Land, das mit dem Wohllaut einer Aussicht ist geladen -die Mir niemals schwand- auf die Inbrunst wahren Lebens in der Götterreiche Spiel, die Mir ward am End des Strebens, zum allherrlich fabelhaften Ziel.
  Bin Ich doch und Bin hinieden ein erbärmlich schwaches Glied, in dem Lebenslauf geblieben, der Mir zu erfüllen blieb. Auf den Feldern, auf den Strassen, täuschte Ich Mich immerzu, von der Daseinslust verlassen, ohne Rast und selige Ruh, bis dem Sinn errichtet wurde, die ganz unerwartete Gewähr, dass die schwer ertragne Burde, doch nicht ewig für Mich wär. Und es stieg Mir leis in Tönen eine Seligkeit empor, von gar leichtem Angewöhnen, in des Himmels lichtem Flor.

2.20
Ich steh, von reinem Lichte übergossen, in freudigem Erwarten da, seh Mich an eine Welt geschlossen, die Ich nur wie in Träumen sah. Es senken sich zu Mir hernieder die wunderbarsten Wogenei'n und allerzärtlichsten der Lieder, Mich zu bewegen insgeheim, zum Freudenruf in Meiner

Mitten, um den Ich Meiner lebelang, mit aller Vehemenz gestritten, in einem märchenhaften Drang.

2.21
Alles Schöne, das in Reime sich ergiesst zumal, ist in seinem lautern Scheine, eine Wohltat insgeheim, deren Züge wie im Märchen, still und heiter vor dir stehn und dann, gleich den Liebespärchen, ins Glückselige weitergehn.

2.22
Zu Gotthelfs Zeiten zog man noch mit Sack und Pack durchs Land auf Ochsenkarren und man sah sich nicht genötigt, von Verschmutzung, Klimaänderung und ander'n Weltproblemen nur ein Wörtchen zu verlieren.
Heuer ist das Denken schon global geworden und morgen wird es kosmisch sein, so ganz im Sinne Meiner Ambitionen, die dem Menschen seine Stellung, Sendung und Verbindlichkeit ins wachere Bewusstsein bringen wollen, als von Mir gegeben und geführt, von Mir zur Einsicht eingeladen und gewappnet zum Erkennen Meiner Majestät in jedem Schöpfungsfiligran und jedem so subtilen Herzbefinden.
Wie bist du klug, indem Ich dich mit Meinem Klugsein überschatte und zudem des Allherrlichen Wonnesein in dein Empfinden giesse, wenn du dich Mir nahst in deinem Seinserhabensein und deiner Fähigkeit, bewusst aus dir herauszutreten in das kosmisch geistige Gefüge Meiner Wirklichkeit in Göttersphären.
Gesagt - getan, will Ich dich Meines Anspruchs zeihen und erwarten, dass du kommst, indem du weitergehst mit den Errungenschaften deiner

Einsicht ins Unendliche, das dich behütet und verklärt, bestätigt und beseligt in der Wissenschaft der Weisen, die dich Mir entgegenführen.

Absolutes Stillsein der Gedanken ist zu üben, dass Ich dich befruchten kann mit Meiner Gaben Eigentümlichkeit und Stärke, Meiner Seinsbegriffe Walten und dem Flor der Zärtlichkeit des Himmels, der in Meiner Liebe liegt zu den geschaff'nen Dingen, Wesen und Glückseligkeiten Meiner Hochkultur.

Ich schenke dir, indem Ich Mich verschenke, allen Seins Gefieder und bereite dir im Dasein einer Festlichkeit Gefühl von Meinen Gnaden, das dich immerzu begeistert und belebt.

Was vornehm, fabelhaft und voller Feingefühl gediehen ist, wird es auch bleiben auf der Bahn des göttlichen Gesundens an der Welt und an den Tausend Möglichkeiten des Entfaltens und Gestaltens, des In-die-Weiten-und-die-Tiefen-Gehns in voll entfalteter Bravour.

Gar liebevoll soll dir der Anruf des Allhöchsten in die Ohren klingen, dich auf dich selber zu besinnen und den Weg der Einsicht mutig, konsequent, vertrauensvoll und heiter zu begehn. Ein grosser Segen liegt auf diesem Wallen, einer höheren Gesetzlichkeit entgegen, die eine Wirklichkeit bezeugt von unerhört bedeutenderen Graden, als es so gang und gäbe ist im turbulenten Wirbel des Planeten.

Komm und lass dir zeigen, wie's um deine Mitte steht und wie die Mitte sich ins All verwandelt unter Meinem Strich und Fügen, Meiner Seinsbarmherzigkeit und dem Geschick, das dir Erfüllung bringt in meisterlich bewegten Zügen.

2.23

Als ein Erlöster schweb Ich dann, Mir selbst gehörend, durch die Weiten der unendlichen Präsenz im Guten. Ins Bewusstsein der allerfüllenden Liebe getaucht, durchströmt Mich eine beispiellose Sommersonnenwärme. All Mein Dasein ist von einer Fülle Lichts von wunderbar beglückendem Arom umgeben, das Ich in langgedehnten Zügen Mir eratme.

Das ist Sein im Sein, darf Ich Mir unvermittelt sagen, in elysischer Gestilltheit, in der Weise der Erlösten und Verklärten von des Himmels Redlichkeit und strahlendem Erröten. In voller Eintracht mit dem Wesen der Unendlichkeit, erfahre Ich die Wohltat namenlosen Seinsbeglückens, zeit- und raumlos in der Innigkeit von Gottes Herzensgüte, Gottes Sein und Gottes Leben. Urewiges befindet sich im selben Rang, in dem es Mir vergönnt ist, Mich begeistert zu erleben und zu finden, statt zu suchen, zu bewahren, statt verlieren und zu leben, statt dem Totenreiche zu gehören. Unwiderstehlich schmückt Mich der Gedanke der All-Liebe, in die Ich Mich gebettet seh und die Mich nährt, wie eine Mutterbrust das Neugeborene, das von ihr aller Lebensgnaden Strom empfängt und aller Seligkeit Befinden.

Des darf Ich sicher sein, dass nie und nimmer Mir ein ander Morgenleuchten so gefällig ist wie dieses, das mit soviel Grazie Mich umfängt und mit so holder Seinsnatürlichkeit, dass Ich gestillt bin, satt von Freuden und Begünstigungen ohne Zahl.

Gedankenvoll und voller Dankbarkeit bewahre Ich in Meinen Gründen das Bewusstsein von der Art wie Göttliches in Götterreichen sich erfährt und ohne jeden Trug der wahren Wirklichkeit gewahr ist, die im ewig Guten sich erfindet und im ewig Weisen sich voll Seelenseligkeit verliert.

3

Wie kann Ich leisten, was Ich will

3.1

Wie ist es Mir gegeben, so begabt zu sein mit aller Weisheit zuckersüssem Flor?. Wie kann Ich leisten, was Ich will und wieder stille in Mir weilen in dem makellosesten der Seinsgewissen, die da sind und sich im Ätherraum erleben. All Mein Wohlgeraten, sag Ich, kommt von Mir und muss sich deshalb vor sich selber nicht erklären. Wandelst du, oh Mensch, geflissentlich auf Meiner Pfade Abergründigkeit zu Mir hinan, will Ich dich lehren wie du dich deiner selbst versichern kannst als in Mir eingeboren und in Mich gefügt als in den Dom der Herrlichkeit, den Ich zu Meinem Wohlgefallen Mir errichtet habe.

Es ist der Schöpfung wohlgelaunt und unermessen Spiel, das Ich Mir in Äonenwucht und aberwilliger Grazie und Selbstgefälligkeit beschreibe und betreibe in dem Sternenall, das Meines Seiens Kleid und Meiner Würde Botschaft ist in überzeugender Manier.

Ewig wachen Sinns erfahre Ich Mich selbst als weltumfangendes Idol des Ausserordentlichen, das Ich als Gesetz und Urgewalt, als Geisteswallen, Willkraft, Schöpferdrang und Mutterliebe in Mir trage.

Edelmut und Sinn für majestätische Gebärden sind Mir eigen, ebenso wie seinsvollendetes Begreifen aller Wirklichkeiten, die Ich in kosmischer Bewusstheit vor Mir ausgebreitet seh. Dem Urverlangen nach Gerechtigkeit und Heiligkeit des Seins vollends dahingegeben, trachte Ich danach, Erfüllung und Erlösung, Trautheit, Liebenswürdigkeit und Sternenweisheit zu verbreiten im Allhier, in dem Ich Mich voll Güte, Redlichkeit und Seins-Glückseligkeit befinde.

Amen lautet Meines Sagens taufrisch hingegossenes Beseelen, Auffahrt - Meines Seinserkennens glorios geword'ner Stil. Denn in des absoluten Schweigens Zünftigkeit und Zucht liegt aller Herrlichkeit Beginn und allen Heils erhabenes Beweisen.

Losgelöst von allen Ufern gleitet Meines Sinnens Sinn durch strahlende Unendlichkeiten und erbaut sich an der Wonne, die die Himmelsfernen ihm bereiten. Wallfahrt ins Ewige nenn' Ich, was Mir so geschieht und wohlgerät in Lauterkeit und Seelenaugenfrische, lichtvoll, liebestraut, beschaulich, blütenzart und schön.

3.2

Leistungsstark im allerwendigsten Geriesel der Unendlichkeiten ist Mein Sein, das in ihm gedacht ist, ausgesprochen und von Mir gehegt. Ich überbiete Mich im Seinswahrhaftigen mit alldurchdringenden Verständlich-keiten und bewussten Reizen, um noch jede Seinsverwandlung in den Weg zu leiten, die Mich ankommt zu gebären.

Schöngeformtheit, Seinsbeweglichkeit und Harmonie, sind Ausdruck Meines Willens, adäquat zu sein in jedem Schöpfungsgran mit Meinem innersten Befinden. Vehement und wirkungsvoll verström' Ich Meinen Sinnspruch ins Unendliche der Sphären Meiner Gegenwärtigkeit und unerschrockenen Begierde, um beständig wahr zu sein, autentisch und erfolgreich bis ins letzte Detail Meiner glänzenden Intensionen.

Voll Grazie fliesst Mein Seins poetisches Geflüster in Mein Freudenhaus von göttlichem Gepräge und von liebelichtem Auferstehn in sanft gewellten Dünungen, wie im Gestalten des urewig Fliessenden, Natürlichen von Meinen Gnaden und Besonnenheiten.

Farbenfroh ins All gedehnte und gedrehte Nebel scheinen glänzend auf in jedem Seinsgespinst von allerhöchstem Rang und Namen, von verblüffender Bestimmtheit, wie von entzückend heiterem Bewahren einer trefflich dargestellten Seinsidee.

Minnesang vor eignen Toren will Ich nennen, was so sehr begeistert und den Sinn ins Fabulöse hebt der allerfüllenden Holdseligkeit im Mich-Vergluten an die Dinge des bewussten Seinsgestaltens und des reizenden Versprühens Meiner überragend delikaten Fantasie.

Ich dirigiere Mich aus Meinen eignen Gründen und ziehe Mich galant in sie zurück, wenn Ich genug befohlen habe. Seinswahrhaftiges Weilen ist dabei Mein Ziel und Meine Wonne in dem ewigen Heitersein, das Mir beschieden und das Ich auf die Spitze treibe in der alles überwaltenden Glückseligkeit, die Meines Daseins trauliches Empfinden ist und Meiner Glorie bewundernswertes Spiel.

3.3
Allverträglichkeit will Ich dir senden in deines Lebens süssen Honigpool. Vom Land der Sterne sollst du was begreifen in der Freiheit der Erhabenen, derweil im Unteren die Ratten noch beknabbern deinen zierlich dargestellten Thron. Ermannen wirst du dich, zur hehren Grösse aufzusteigen der Heroen Meines seinsbewussten Strahlens, sonngleich in der Geistkultur, die Ich begründe, Schritt um Schritt im Wirkkreis Meiner Sehnen.

Gewaltiger der Höhen nenn Ich Mich im Adel Meines dich Erwartens, als von Mir gezogen und geführt, gewappnet und mit Mut begabt der allerbesten Sorte von des Himmels Tatkraft und Ranküre, Siegessicherheit und figalanter Wendigkeit im Guten.

Reben sollst du züchten von erlesner Saftigkeit und Süsse in des Herren Hof, dass sie alleinig dir erlesen deinem Fortschritt dienlich sind und wohlbekömmlich auf der herben Daseinstour.
Zwischen oben, unten, rechts und links sollst du in Mir das Equilibrium behalten in Gewinnsten vornehm dargelegter Art von Meiner Provenienz und ohne dich daran zu zieren. Die Sehnsucht kommt dich an, nur Mir allein den Dienst der Hörigkeit und Einsicht zu erweisen. Du wirst's in mächtigen Mäandern unternehmen, Meiner Güte zuzustreben, bald in dichten Nebelschwaden, bald in Sonnenstrahlen, die Ich in die Raumesweiten giess. Gebenedeit sind deine Wege, seinsbewusst und glorios dein Ziel, denn in dem Buch der Weisheit ist dein Name vorgerückt an erste Stelle, was dir unermessnen Vorteil bringt im Tauschen, Rauschen, Lauschen und beständigen Lavieren in des Lebens unberechenbaren Unbekömmlich-keiten, die dich prüfend höhwärts führen, immerzu nach Meinem wohlerwognen Stil.
Was du von Mir weisst, lässt Blümchen blühn in deinem Seelengarten, die gekonnt zu pflegen sind und sind mit Menschengüte, liebevollen Gesten und Behutsamkeiten zu begiessen. Die Lauterkeit der Sterne zieht sie zu Gebilden wunderbarer Anmut still heran und, sich verduftend, strömen sie Holdseligkeit in deine Welt des freudevollen Dienens.
Dich erkennend als in hohem und geringem Stand, in Eng' und Weite, Trübsinn und Gelassenheit, befreist du dich von allen Nöten und erreichst in Mir den Nimbus des glückseligen In-dir-Verweilens in der strahlenden Unendlichkeit von Meinen Gnaden und von Meinem liebeszarten Seinsumfangen in des Alls zutiefst befriedender Gewähr.

3.4

Nach Licht und Wahrheit trachte, mitten im Geschwätz der Millionen und lass dich nie beirren von der Gründlichkeit, mit der sie Meinen Lebensplan umgehn. So du hortest, horte Frieden und Gerechtigkeit in deinen Kammern und gebärde dich wie Einer, der vom Ewigen was versteht.

Bekennst du Farbe, lass erkennen, dass Mein Einfluss dich zutiefst verändert hat im Seelenwesen. Wachheit von besondrer Art hat dich ergriffen, die bedeutet deinem Ein- und Ausgang freie Fahrt in alle Winde voll Begeisterung am Leben. In der Tage Perlenschnur beförderst du den Lauf der Dinge nach dem Mass der schönen Kunst, geduldig und geliebt zu bleiben. Immerwährendes Vertrauen auf den Geisthauch Meiner Huld ist dir gegeben, ebenso, wie trautes In-Mir-Weilen in der schieren Pracht der Sphären, die von Meinem Gegenwärtigsein beredtes Zeugnis geben.

Gestählten Sinnes gehst du aus dem strömenden Begegnen mit den Zeichen Meines Ich hervor. Dein Seelensein erfährt Gemeinsamkeiten mit Mir, die dir so zu Herzen gehn, dass du vor dir selbst als König der Vernunft erscheinst und als Gesitteter von höchstem Rang und Namen.

Die Weisheit der Äonen spricht dich leis von innen an und befähigt dich, zu schalten und zu walten wie ein Götterjüngling, der da weiss sich auf dem glitschigen Parkett des Lebens goldrichtig und voll Grazie zu bewegen. Fabelhafte Schwünge rundherum zu ziehn, bist du von Mir begabt und bist ein Kleinod des gerechten Handelns an der Welt und an der Vielfalt ihrer Kapriolen.

Ein Held zu sein wird dir gelingen all so selbstverständlich, wie den Pfad der Meisterschaft, den du begehst, nicht zu verlassen, meilenweit, untrüglich auf der Fährte Meiner Seinsbekömmlichkeiten, die da sind: ein allgeschärfter Sinn, tiefinnige Lebensfreude und ein kosmisches Bewusstsein hell und klar.

Segnest du das Zeitliche im Jetzt, so siehst du dich umbrandet und umflort von Meinem Segen wunderbar und weisst dich in Gemeinschaft mit den grössten Geistern der Geschichte, die in Meinem Liebesgarten selig fürbass gehn. Stolz und bescheiden trägt dein Vorhaupt eingeprägt Mein Siegel der unendlichen Beschaulichkeit, die dich von Mir begünstigt immer mehr.

Das hab Ich heut für dich zu sagen und das sage Ich, um dir das Recht zu geben, auf dem Standpunkt Meiner liebelichten Seinsbegriffe zu verharren und dein gläubiges Erwarten ins Allgute Meines Wirkens zu verwehn.

3.5

Mein ganzes Schöpfungsritual entspringt dem aberwitzigen Wunsch nach einem Ebenbild, das Mich vertritt an allen Fronten des geschichtlichen Kalküls in wesenhaftem Seinsbewusstsein und mit einer kreativen Wucht und Genialität des Wirkens ohnegleichen. Aus diesem Mich-Ergründen, pflanzte Ich den Keim des hierarchischen Entfaltens in die Geistigkeit, der Ich Mir inne Bin in absoluter Selbstbewusstheit und mit dem erklärten Willen, Mich voll Liebe in unendlich neu und neu geschaff'ne Raumesweiten zu verstrahlen.

Triumph des Lebens setzte sich in Szene in verschwenderischer Weise. Zeitlichkeit erstand und in ihr das Sich-Erinnern durch Äonen und das Myriadenfache Kombinieren von Errungenschaften Meiner Wahl. Ich setzte Meine Züge ein im Walten der sich selbst bewusst geword'nen Entitäten, die in immerzu gesteigerter Gedankendichte Seinsgebilde schufen von wachsender Komplexität und Wohlgeformtheit. Ungeheuer war und ist die Seinsbeweglichkeit an allen Fronten der von Mir begabten Treueschwur-Verwirklicher, auf die Ich so wie auf Mich selber zählen kann in unbedingtem Trauen. Mein ist dein und dein ist Mein, will Ich hier sagen in der Euphorie der liebelichten Gegenseitigkeit, die allem innewohnt, was Mir entspringt und was in aberwitzigen Sprüngen wieder zu Mir heim sich findet, als zu einem Einssein unerschütterlicher Güte und Beständigkeit, Gewissenhaftigkeit und Schönheit, himmlischer Gelöstheit und erhabner Seinsglückseligkeit im weiselosen Weilen.

3.6
Ich sitze fest, vom Garn des Ewigen Umsponnen und trage Wasser auf die Mühlen der Verzauberung, derweil Ich stöhnend, ächzend transmutiere, einem Besseren in einer bessern Welt entgegen. War es das Lächeln eines schon Erlösten, das Mich höhwärts zog? War es ein lichtvoll scheinender Gedanke, der Mir Hoffnung gab auf ein schlussendlich doch noch zu Erreichendes, in Meiner wirr gewordnen Welt von eigensinnigen Gnaden?
  Ich schürfe nach dem Sinn und feilsche um ein Quentchen Wissensbrot in Meinem rastlos hin und her gerissenen Evaluieren. Mein Deuteln legt den Unsinn bloss, der Meinen Kopf traktiert, solang Ich kein Vertrauen habe in ein Höheres, das Mir aus weisem Überschauen die genaue Richtung gibt auf Mein so sehr ersehntes Ziel.
  Seinsvertrauen nenn Ich, was wie Funken sprüht, die Mir zur Sternenfülle werden in der Nacht Gewölbe, Ruhe bringend und herzinniges Ent-

zücken an den Wundern, die das Sein Mir offenbart aus wonnevollem Selbstgenügen.

Nun geschieht's, dass Ich Mich ihm auf's Innigste vermähle in des hell gewordenen Bewusstseins Alchemie. Ich spüre, dass Ich Bin und dass das Sinngedicht der Welt, des Menschenseins und Meiner eignen Züge in der Innigkeit des Herzens sich begründet, wenn es warm und liebevoll, beschaulich und sich selbst bewusst geworden.

Sorgsam hüte Ich, was Mich in dieser Weise tröstet und zum Weiterschreiten animiert in Meinem Langen nach beseelter Gastlichkeit im Leben und beglückter Sternenruh, die Mir das Menschensein in seliger Verklärung zeigt und in der Fabelhaftigkeit der Göttersphären.

Bin Ich Mir Meines wahren Selbst bewusst, so habe Ich gar nicht das Geringste mehr zu fürchten. Der Einfall hellen, warmen Himmelslichts in Meine Zelle macht Mich innerlich so frei, wie ein ins Blaue hochgeschwirrtes Vögelein sich frei erfühlt im Sonnenstrahlen.

Was die Stunde von Mir will, ist Zuversicht und Bauen auf die Kräfte der vertrauenden Vernunft, die ständig in Mir wohnen. Sie wandeln Meinen Sinn zur Gläubigkeit am Werk des Guten, das sich auch an Mir erfüllt im Reichtum Meiner reich gewordnen Tage. Seelenvoll und heiter darf Ich dann des Weges ziehn, und Meines Dankens Hochgesang wird künftiglich dem fein geschwungnen Bogen Meiner Lippen zierlich sein.

3.7
Zahlmeister Bin Ich Mir für alle Taten, die im Universenrund geschehn. So muss es sein, damit die Brunnen fliessen und die ausgedörrten Zweige abgeschnitten werden. Ich kann nur mit dem

rechnen, was lebendig ist auf Meinen Gütern und bewahre Mir das Recht, dort einzugreifen, wo ein Schädliches zutage tritt und wo dem Vorwärtsschreiten Barrikaden, Brüche und markante Risiken im Wege stehn.

Es geht ein grosses Überschauen von Mir aus, das sich in alle Zweige Meiner selbst verlagert und von Fall zu Fall den Sachverhalt und die obwaltenden Gefühle auf's genauste registriert, damit kein Jota von der Wahrheit des Geschehns verloren gehe. So Bin Ich Mir Bewusstsein in den Meinen von allerhöchster Qualität und zugleich auch von einem Selbstgefühl, das absolute Sicherheit verleiht und einen Daseinswillen sondergleichen.

Ich rechte nicht um Kleinigkeiten, die im Nu der Zeit vorübergehn. Mein Banner weht durch sagenträchtige Äonen und erhebt sich auf den Hügeln der Beständigkeit und frohen Aussicht auf bedeutungsvolle Fernen. Ich liebe den Kontrast und die Geselligkeit mit Andersartigem, das Meinen Sinn befruchtet und Ideenfolgen zeitigt, die einander unentwegt von Höh zu Höhe schaukeln in der gloriosen Lustpartie, die Ich Mir so verschreibe.

Der Lässigkeit zeig Ich die Zähne, dem zähen Wirken nach Gesetz und Ordnung klopf Ich anerkennend auf die Schulter und beförd're seinen Einsatz für das Menschheitswohl. Im Labyrinth der täglichen Verschlungenheiten schaff' Ich Klarheit, Richtung, ruhevolles Walten und die Aussicht auf ein höchst erstrebenswertes Ziel.

Nicht vergebens hab Ich Mich in Mir gefunden, nicht umsonst sind Meine seinsbrillantnen Deklarationen, die voll Verve und Harmonie im Lebensraume stehn. So sind denn Meine Wege Wege des begeisternden Elans am Werk, das Ich Mir vorgenommen habe, sind Resonanzen einer Schwingung von erles'ner Zartheit, wie von einem Donnerrollen, das die Elemente all in Aufruhr bringt und in ein grandios erschütterndes Bewegen.

Mein Kümmern geht von A bis O durch alle Stationen eines alphabetischen Kalküls, das seinesgleichen sucht und von Erfolg gekrönt ist, wo Ich's immer Mir beschaue.

Wo sich die Wege kreuzen, darf der Wandrer auf dem hochwillkommnen Bänklein ruhn. Wo Götterboten ihren Part verrichtet haben, winkt der weiche, selige Aufenthalt in lichten Sphären wonnevoller Seinsgetragenheit, die wie die Grazie der Schönen vor dem Auge steht und tief beglückende Gefühle weckt in Seelengründen.

So Bin Ich Mir der Ausbund der Geschicklichkeit im Grünen und die Flamme der Glückseligkeit: gerettet und gestählt, errichtet und bewahrt voll Liebe und Ergebenheit im Wunderbaren.

3.8
Wache Lehren, weise Lehren in des Seins Errungenschaft und Stil. Körpernähe ist hier nicht zu fürchten, wo der Geiststrom wunderbar durch Welten strömt von Makellosigkeit und rein gewordenem Vertrauen an der Sache der bedingungslosen Seinsgefolgschaft in den auferweckten Lebenstalen.

Wo Ich immer Bin, da war Ich schon vor Ewigkeiten, Seinssubstanz und Überlegenheit gewesen. Rastlos reiche Ich Mir selbst die Hand, um von Generation zu Generation den Eimer der Bewusstheit weiter anzufüllen in der Menschheit Traulichkeit und Stil.

Wo Mäander sind, da sind auch Meere, ihren Inhalt gierig aufzunehmen als begehrtes Objekt, um sich zu bereichern von dem unerschöpflich grandiosen Strömen.

Ich spreche nie von Mir, weil Ich in jedem Fall von Offenbarung sicherlich noch weit dahinter steh und sich die Träger Meiner Botschaft, einer nach dem anderen, das Wort hinüberreichen in die nächste Seinsdimension, die Ich um Mich gebreitet habe. Eine Warnung lass Ich fliessen, dass sich niemand unterstehen soll zu meinen, er erkenne Mich in Meinem hintergründigen Mich-Vergluten. Ich narre alle, die in Mich vernarrt sind und die wissenschaftlich forschenden Gemüter noch viel mehr. Wacht auf, sag Ich und sucht in euch statt in den Chromosomen, wenn ihr der Gottheit näher kommen wollt im Euch-auf-sie-Berufen.

Transzendenz ist bei Mir gross geschrieben, Seinsverwandlung in das, was ihr seid. Seit allem Anfang und dem Ende niemals nah, ist Sein das Fähigsein, sich bis zur kosmischen Präsenz hinaufzustilisieren, auch in dir. Das macht, dass du Gefährte wirst der Grössten aller Geister, die die Weltenbühne je betreten haben. Du schaffst es, ihrem Hauch dich zu vermählen und ihr Meistertum dem deinen zuzuordnen in gewaltigen Kaskaden des Erkennens ihrer Absicht auf des Daseins Schöpferspur. Es glänzt und glitzert in dir von erhabenen Lebendigkeiten, die dem Seinspoetischen ein Denkmal hingesetzt und ihm die Referenz erwiesen haben. Ihrer Würde Atem wallt durch deines Wesens Traumgestalt und inszeniert mit dir auf allen Seinsregistern das allweite Oratorium des freudevollen Siegens in der Lebens-Liebesstrategie. Es kommt, es geht, was wir uns um das Haupt gewunden. Es erbarmt sich unser, was wir wollend, wunderwirkend tun, und in der glückverheissenden Synthese aller Gegensätzlichkeiten blüht das Himmlische uns auf im Seinsgewinn und in der immerwährenden Glückseligkeit der Sphären.

3.9

Was Wunder, wenn die Seele langgedehnten Atems in sich selber ruht, sowie sie sich dem All-Sein ganz dahingegeben. Ihr Bedeuten liegt im Ungeborenen; ihr Sang ergiesst sich über die Gefilde der Unendlichkeit im Glanze, den sie selber sich gebiert und in der reinen Wonne, die sie sich zum Sein erlesen.

Was früher Nebenbei des Lebens war, ist nun das überwältigende Eine, dem Mein Menschensein sich resolut verschrieben und geweiht, verbündet und vermählt hat, um es nie mehr aus der Hand zu geben.

Froh und heiter fühlt die Seele sich im Angesicht des Ewigen, das ihres Daseins Part und ihres Sehnens weihevolle Stätte ist im Wunderbaren, das gewaltig und gediegen um sie webt und waltet in ereignisvollem Sich-Verfluten.

Kennst du dich, so kennst du Mich in Meiner Unergründlichkeit und dem Spektakulum, das Ich fortwährend inszeniere. Nur für die Dummen Bin Ich stumm im Kraftrevier von eignen Gnaden; für die Weisen aber Bin Ich das beseelte Offenbaren einer Wirklichkeit von hunderttausend Meistergraden. Ich erhalte Mich, indem Ich Heerschau halte über Mein Vermögen, da zu sein und Kraft zu Kraft und Zärtlichkeit zu Zärtlichkeit zu fügen. Mein Bewusstsein hält sich zwischen allen Fronten seinsglückselig in der Schwebe und gewinnt Unendliches, indem es alles Endliche verliert. Gewogen und gezählt sind Meine Werte als von immerwährender Prägnanz im Guten und von einer Liebenswürdigkeit, die auf der Sicherheit beruht, auf der Ich majestätisch throne.

Nun denn, es walten Meine Gotteswinde in unendlicher Gewähr und überbieten sich im Säuseln, wie im Stürmen in bewusst geführter

Bodenständigkeit und Fülle des Belehrens. Schweigst du vor Mir, so will Ich dich mit schöpferkräftigen Sentenzen reich begaben. Harmonie der Weiten hüllt dich ein, wo immer Ich dein Sein bedenke; Hofgewandtheit schlägt sich auf dich nieder, wo Mein Flügel dich gestreift und wo die Scharen Meiner Sterne dir geleuchtet haben. Fasse auf und fasse gut in deinem dich Begründen und erhalte dir das festliche Gepräge, das Ich dir zum Umhang generiere und zur Freude deines Ich-Seins in den Weiten Meines allgewaltigen Justierens.

Das Siegel deines Gottbewusstseins wirst du wie den lieben, lichten Schein der Morgenröte stolz und sieggewiss auf deinem Scheitel tragen. Nichts und niemand wird dich daran hindern können, Meiner Art gemäss zu handeln, mit den Seins-Talenten regen Austausch zu betreiben und gewiss auch ihre Zahl und ihren Wert in schwindelhafte Höhn hinauf zu stilisieren.

Wissend, dass Ich Mich in dir verborgen halte, stössest du vor Freude toll ins Jagdhorn nach erstrahlenden Unendlichkeiten und befiehlst dir deine Wege, die die Meinen sind, nach der Gesetzlichkeit der Sphären, wie nach dem Feuerwagen des Elias, der mit dir triumphierend in den siebenfältigen Himmel zieht.

Mittellos im Erdreich, schlägst du in Mir Wurzeln und ziehst Ströme golddurchwirkten Lichts in deine Adern, dass du aufblühst wie der Baum der Seligkeit im Paradiese und erkannt wirst an den Früchten, die zuhauf gar lieblich und begehrenswert dir im Geäste prangen.

Sie prangen hoch in Mir und sind das Zeichen Meiner Gunst, mit der Ich selber Mich begabe, wie der Hirt das Feld Arkadien mit seinem Flötenton. Du trägst dein Lied in Jubeltönen vor, um Mich zu loben und den Lobpreis allen Herren Himmeln voll Begeisterung zuzurufen.

Getragen vom Elan, der dich von Mir beflügelt und erhebt, erweisest du der Sache Meiner Zünfte immerzu den allergrössten Dienst im Unterweisen der Geschlechter mit den Fabelhaftigkeiten, die Ich dir bezeuge und mit Feuerlettern in den Himmel schreibe Meiner hoch dotierten Vision.

Du erkennst, was Ich erkenne als das Seinsidyll vollendeter Geschicklichkeit im Modellieren graziös gestalteter Figuren. Sie sind, Ballette zu beleben, allsogleich, wie Ich in ihre Glieder fahre und lebendiger Wille sie hinaufwirft in die Lüfte, ihren Tänzen Grazie und graziösen Auslauf zu verleihen.

Dem Holdesten der Holden wirst du dich in Selbstverständlichkeit und seelenvoller Anmut zugesellen, als Gesegneter des Himmels und Getaufter mit dem lichten Gottesstrahl. Indem du Bist, bereitest du Mir deine Gaben makellos auf dem Altar der zauberhaften Zukunft, der du allem Menschenvolk voran entgegengehst, Mir allein und Meiner gütigen All-Gegenwart zu Ehren. Komm und komme bald ins so begehrenswerte Defilee, vorbei an Meinem Thronen. Mache dich bereit zum Aufbruch ins Beschreiten Meiner Hügel, die wie freudenvolle Zicklein in die Höhe sich erheben. Wärme dich an Meinem Strahl der seligmachenden Vernunft im Blauen und begreife, was sich ziemt in Meiner Garde der verklärten und erklärten Minnesänger vor den Kemenaten Meiner Bräute, die den Friedenskuss der wahren Herzlichkeit wie nichts ersehnen. Komm im Flug heroischer Gedanken Meiner Seinsgeduld mit Vehemenz entgegen und bereite dir holdseligen Wohlklang in den Kammern deines Selbstgenügens, Ton um Ton.

Gratulieren will Ich dir zur so erhabenen Gebärde des gottseligen Erwartens und Erweckens deiner besten Kräfte, die da sind von Mir. Bedeutend und bewundernswert bist du dir selbst geworden, als im Anhang Meiner Gunst begründet und in der Essenz von Meiner Tugendhaftigkeit gestählt. Ich Bin in dir der Reine und Wahrhaftige der höchsten Sphären, die da sind erfüllt von Cherubinen, die ihr Antlitz vor dem Meinen scheu verhüllen, dass sie nicht geblendet werden von der Strahlenwucht, die ihrem Wesen zuströmt, unerschütterlich und unermessen in der Gegenwart der Majestät, die Ich begründe, liebeleuchtend, seinsbeseligend und sonnenklar.

3.10
Ein Herbeigeführter taucht sich in die Schale der Unendlichkeit und lässt sich in ihr alleweil bezaubern und befruchten. Geliebt, gelassen und begeistert ist er von den Seinsdimensionen, die ihm mild und licht und wesenhaft entgegentreten. Gepackt vom Fieber der Bereinigung und Sitte trinkt er aus der Fülle der Begabung, des Wohlverstands und des Begütens, die ihm in die Seele strömt aus meisterlichen Hintergründen. Tief beeindruckt, lässt er sich galant belehren über meilenweite Strecken von des Seins Bedeuten für sein evolutionenträchtiges und prächtiges Beschreiten einer Lebensbahn von Sinnkraft, Synergie, geradem Wuchs und eminenter Tüchtigkeit vor allen Geistessperberaugen, die sein Tun verfolgen und sein Lassen an den Pranger stellen, wenn es nicht dem Fortschritt dienlich war.

Ungebührlich darfst du dich nicht mehr benehmen, allsobald, wie dich der Kuss des Seins erweckt hat in die Schau von neuen Wirklichkeiten, wie von neuen Seins-Idolen, die am Anfang jeder strahlenpoden Entwicklung stehn.

Du trägst dich selbst im Sausewind von dannen, allsogleich wie du von Dem erfasst bist, der den Haaren deines Hauptes ihre Zahl verleiht und der dein Blut ins Ewige verschüttet, um dich von dem Wahn des Weltenseins gehörig zu erlösen.

Indem Ich dir von innen her auf deine Finger schaue, verleih Ich dir Substanz und wahre Grösse des Erlebens Meiner Souveränität im Wunderbaren. Gürte dich und gehe unverdrossen und gekonnt dem Weckruf Meiner Provenienz entgegen und vernimm den abersüssen Sphärenklang, der Meinem Liebelicht entspringt und Meinem liebevollen Strahlen. Überzeuge dich von der Behutsamkeit, mit der Ich dich umfange und zu Mir hinüberlange in der Grosstat reiner Huld am Weltgeschehn. Mach es wahr, dass deine Lebensbächlein über grünende Gefilde voller Blumenhäuptchen fliessen und dein Auge wunderbar beglücken, ob der Lieblichkeit und Anmut, die ihm so begegnet. Denn es steht geschrieben, dass der Fuss des Seinsverklärten paradiesische Gefilde übergleitet und geruhsam an den Lebenswassern Rast gewinnt für seine Meditationen.

So kommt, was nie vergeht, in dein beglücktes Selbst-Erfahren und bereitet dir ein Fest aus Wonne und Gefühl, Bewusstheit und Verzärtelung des Daseins ohnegleichen im Beschauen deines sagenhaften Wohls.

3.11
In Meiner Dinge Überfluss und Mass hab Ich beschlossen, Menschliches und Göttliches in der geheimsten Relevanz als Eines nur zu führen. Was erstaunt dich da, wenn Ich dich frage, ob du in dir

selber irgendetwas je gewesen bist?. Wer anders gab sich dir als Form und Inhalt, Weichheit, Härte, Zungenfertigkeit und schweigevolles Brüten hin, als Ich im majestät'schen Seins-Ornat von eignen Gnaden.

Einmal wirst du's wissen in erkennender Gewähr, entflohn behutsam aufgeklopften Schalen, die dein Sein behütet und begütet haben. Du trittst in deiner wahren, wachen Herrlichkeit hervor als Herold gottesmenschlich aufgeworf'ner Taten. Kein alter Brummbär sollst du Mir mehr sein, hingegen eines Wesens Figalanz, das unbescholten, unerschütterlich, vertrauensvoll und selig lächelnd, das „Ich Bin Mir der Ich Bin" verkündet und begeistert intoniert in seinem Wirklich-sich-Begründen.

Unerhörten Selbstwerts Zeichen wirst du dir dann sein, in rechter Demut, wie im schlichten Auseinanderdröseln deiner Rechte als Geliebter der Allherrlichkeit, als Marketender schöpferkräftiger Gefühle, wie als Rammbock wahrer Seinsgerechtigkeit, der sich ins Künftige stemmt mit Glanz und Glorie und vollgespickt mit Orden, die von Verdiensten und Beförderungen ein beredtes Zeugnis präsentieren.

Nun kommt und seht ihr lieben Leute, dass ihr nicht nur Leute, sondern Priester seid holdseligen Erkennens kosmischen Bewusstseins in den allerletzten Tiefen, in den allerhöchsten Höhn. Das macht, dass ihr in freier Vogelflug-Galanterie fortan das Dasein fristet und belebt, heiligt und befruchtet, als ein zeitgenössisch aufgeblühtes Phänomen, dem sich kein Aufgeklärter, Seinsverklärter mehr entziehen kann.

Weiche nicht und wirke so, wie Ich in dir der Wirker sein will, als der Einzige, der Ist und der sich selbst befehlen kann, wohin die Schritte, Fahrten, Höhenflüge und Gedankensprünge gehen sollen in der unaussprechlichen Begeisterung am Leben, die Ich wesenhaft betreibe, hier und dort, geheim und offen, siegessicher und glückselig immerzu.

3.12
Vom Sein und Seinen Gnaden will Ich dir erzählen, indem Ich achte auf Sein Wort und Seine richtungweisende Präsenz in Meinem Mich-Vergluten. Es ist nun recht und billig, dass Ich gedankenträchtig Heerschau halte über Mein Erwarten und Gewinnen, Mein Erfahren und Gewahren, Meine Kraft zum Guten und Mein tief empfund'nes Seelenwohl.

Schau Ich in die Runde dessen, was Mir anhängt, will Mir beinah schwindlig werden vor dem so Bedeutungsvollen, weis' Geführten, Tapferen, Verträglichen, Inbrünstigen, Bedauernswerten, Märchenhaften und Erhabenen, das Meinem Schauen sich eröffnet und Mein Herz zutiefst bewegt.

Dies alles Bin Ich, muss Ich Mir da sagen und Bin noch unermesslich vielmal mehr in allen Kreaturen, allen denkenden und fühlenden, verbindenden und trennenden, humanen und herzlosen Wesen, die da in Mir sind und über die Ich Meinen Mantel breite der All-Einheit und des immanenten All-Gewahrens.

Ein Zauber ist's und eine Morgenröte myriadenfachen Werdens und Erweckens zur Bewusstheit Meiner Selbst in allen Seinsgeschaffnen Dingen, die voll Sehnsucht der Erlösung harren aus der Selbstgebundenheit und aus dem Wahn der Isoliertheit von des Gottes allerfüllender Präsenz, Lebendigkeit und Güte.

Das Offenbare trägt zugleich das Siegel unerforschlich reiner Weiselosigkeit, in der Ich ohne jeden Zweifel wese und damit Meinem Sein die Krone aller Herrlichkeit, wie auch das Richtmass wunderbar in sich geschlossener Glückseligkeit und Wonne auferlege. Hier Bin Ich ein von absoluter Weisheit, Seinsgerechtigkeit und Redlichkeit erfülltes und erfahrenes Idol.

Absichtslos, wohltemperiert, gestillt und ewig ruhend in der Zärtlichkeit des Daseins, Bin Ich Mir der Inbegriff von Herd und Heimat, Liebeszartheit und Entzücken, Hochgemutheit und Entdeckerfreude, ausgeprägter Fantasie und Genialität.

So sei es, brauch Ich nicht zu sagen, weil es in Mir Ist und weil Ich aller Günste, Künste, Liebenswürdigkeiten und Verbindlichkeiten mächtig Bin in Meinem Mich-Begründen. Untätig in der Tat verlass Ich Mich darauf, dass Ich für Ewigkeiten Meine Gegenwart erwese und in nie verebbender Hold-----seligkeit Mir selber treu Bin, dem Unendlichen erlesen.

3.13
Bewegst du dich, send Ich Begreifen dessen, was du Bist, in deine Tale. Dir Mut zu machen für dein Werk ist, was die Herzensgüte Mir befiehlt. Dich auf den Wogenkamm zu heben, halte Ich Mich stets in deiner Näh, damit du niemals untergehst. Deine Züge zu erheitern, bade Ich dein Antlitz in dem Licht, das Ich allüberallhin hell und feierlich versende. Wagnis über Wagnis wirst du so bestehn und die Gemeinde deiner applaudierenden Verehrer wird dir tosende Begeisterung vertrauensvoll entgegenbringen.

Meine Botschaft an dein Ohr enthält ein tiefgefühltes Sehnen nach Erwiderung der Ideale, die Ich dir auf deine Wanderung durchs Leben mitgegeben. Sie führen dich in Meine Höhen und sind aller Weisheit Ratschluss, den Ich noch so gern an Meine Seinsgenossenschaft vergebe. Bewahre dich im Guten und du wirst den Kurs auf hoher See durch alle Fährnis und Verwegenheit genau auf Mich gerichtet dir bewahren.

Gleichnis Meiner Selbst sollst du dir werden in der Weltenesse, in der Ich dich zu Meinem Kunstwerk schmiede und dir dabei aus Wohlgewogenheit und Sympathie den letzten Schliff im Anderssein verleihe.

Metamorphose heisst die gängige Parole, mit der Ich Meinen Lieben in die Seinsverwandlung Pate und Gevatter steh. Ich lege dir den Perlenschmuck der reinsten Zuversicht um Hals und Arme, dass es alle sehn und sich am Anblick der Getragenheit erlaben.

Was der Seins-Erkenntnis dient, ist von Mir ausgehängt und abgeschrieben. Weder Macht noch grandiosen Auftritt kann Ich da gebrauchen, sondern nur die Herzensfestigkeit und das bescheid'ne Dienen an der Sache der Unendlichkeit, die Ich entschieden propagiere.

Mach es wahr, dass Meine Brünnlein munter zu dir fliessen. Entsage und gewinne, was von Meinen Höhen dir entgegenschwimmt im Teich der Illusionen, wie der zauberhaften Wirklichkeiten, deren Merkmal Ich vertrete.

Bruderbund und Schwesternbund, Seinsumfangen und Beglückung ohnegleichen sind von Mir und sind der Seinsverklärten Brautgeschmeide in der gloriosen Feier der Vermählung, deren Gegenstand du bist, in Meiner Grazie und Liebenswürdigkeit, Geselligkeit und Gottesminne, wunderbar.

3.14

Maiensäss im Grünen, nenn Ich Mein Befinden in der Unbeschwertheit reinen Seins, die Mich durchwaltet und belebt. Eingerastet in das Urgrundweben, beliebe Ich ein Seelensein zu Markt zu tragen von erlesner Ebenbürtigkeit mit den bewundernswertesten der Geister, die da sind und die ihr Auferstandensein in Wachheit, wunderbarer Seinsbewusstheit, Heiterkeit und Lebensliebe feiern.

Der einstens so verhangne Himmel hat sich Mir gelichtet und die lichte Bläue zieht Mich in die Weiten der Unendlichkeit, das heisst, ins Weben einer Dimension von ätherlichtem Schweigen aller Sinnenfälligkeit in einer Sphäre des Empfindens und Erfindens sagenhafter Losgelöstheit von dem leiblichen Beschweren.

Identität mit höherem Begreifen trägt sich ins Bewusstsein Meiner Wirklichkeit in einem Kräftespielen von unendlich feinem Sich-Vergeben und Erleben, Sich-Umfangen und Durchströmen, Zärtlichkeiten tauschen und dem Lächeln der Erhabenheiten lauschen, die sich in den langgedehnten Ton der überragenden Glückseligkeit verschwingen, der das All erfüllt und nimmermehr verklingt im Königreich des absoluten Guten.

3.15

Nimmermüde Schwierigkeiten kujonieren Meine Weltenbürgen auf dem raumdurchschwebenden Planetchen. Seine Attitüde ist Mir fern - und nah, sein Wollen Meines in äonenträchtiger Geschichtlichkeit, die Ich in ihrem Wesensein, gedankenschwer, getreulich und gediegen inszeniere. Zum Flüstern nah sind Mir die Angelegenheiten ihres Sich-Verwandelns; durch den Stundenschlag getragnen Lauschens höre Ich in Meinen strahlenden Bewusstseinsräumen das ins All verebbende Geplapper ihrer Kehlen.

Sie suchen, was in Meinem Hier noch wenige gefunden haben; sie ahnen eine Wirklichkeit des Seinsbewusstseins durch Erkenntnis eines geistbeseelten Allgefüges von unendlicher Erhabenheit und Genialität. Es ist das wirkende Durchdringen aller Sphären in der himmlischen Geometrie, das sich ins Zwischen-alle-Sterne zirkelt und die Räume bis zum allerletzten füllt mit Denkkraft, Lebewillen und unendlich liebevoll beseeltem Mitgefühl an allem Seienden im kosmischen Getriebe.

Vom Sternkreis her begleite Ich im klein gewordnen Raum, das Kreisen der Planeten und beschreibe ihren Gang mit Meinem zärtlich hingesandten Blick auf sie. In reinem Ebenmass und Equilibrium erfüllen sie ihr Soll und schreiben ihres Seiens Unverbrüchlichkeit und Vielfalt in den Himmelsraum von Meinen Gnaden und von Meinem Seinsbefehl. Sie durchkreisen Mich und Ich durchkreise Meines eigenen Bewusstseins Virtuosität in ihnen.

Ewigen Friedens und Mir-selbst-Gerechtseins überwalte Ich, was Mir zum Ruhm gereicht, zur Schöpferfreudigkeit und zum gewissenhaften Weiterschreiten in erwartungsvolle Fernen einer gloriosen Zukunft von erfüllter Sehnsucht und zutiefst erfühlter Seinsgelassenheit im Wunderbaren.

3.16
Dichte Sprache, lichte Sprache in des Seins gefeiertem Allwesen. Ich vermehre, was den Welten frommt in ihrem eigentümlichen Verhalten und Gestalten und Verwehn. Niederwärts von oben, rieselt eine Botschaft reiner Unvergänglichkeit, von

Mir gezeugt, gelehrt und feierlich vom Jenseits in das Diesseits abgezogen.

Wer untersteht sich, Meine Art zu kritisieren, des gemächlichen und gloriosen Aneinanderfügens seinsgewaltiger Hieroglyphen in des Lebens Tempel und Manier. Meiner Lustbarkeit Gewinn ist alles, was Ich unternehme, um ganz gross herauszukommen und geschmeidig, graziös, gespensterhaft, gleichmütig und gediegen Meinen Pflichten zu obliegen. Deinem Schweigen offenbare Ich den süssen Reim, den Ich in Meinen Herzensgründen Schritt um Schritt vollzieh, um Köstlichkeit auf Köstlichkeit zu häufen in der Weise der Gelehrten ihres Handwerks, wunderbar.

Speise deiner Seele ist, was Meinem Sein entspringt und was die Trauben reifen lässt in deinem Garten. Heimgekommen von der lockenden Betriebsamkeiten vielgepriesner Zahl, überschlägst du den Gewinn und trägst den Nutzen in ein Büchlein ein, das zierlich vor dir aufgeschlagen. Ernte nenn Ich, was die Weise krönt, in der du, vor dir still geworden, sanft hinübergehst in Meines Wirklichseins Gefilde, ohne Zweifel den Verklärten auserlesen in der Myriadenschar der Denker und Verfechter ihrer eigentümlichen Ideen.

Ich sage dir und sage ausserordentlich vernehmlich, was dein Part ist in der kosmischen Galanterie, die Ich seit Urbeginn betreibe und auf deine Zehen schreibe, dass sie wandern sollen, dorthin wo Mein Wille sie gebührlich und verführlich führt. Ich mach es wahr, dass jede deiner Gesten Meinen ebenbürtig ist in den Kaskaden von Veränderungen und Begradigungen, die Ich väterlich vollzieh in allen Reichen, also auch in dir.

Trauerarbeit sollst du leisten für das Ungeschickte, das du leichterdings Mir angetan und sollst dir Asche auf den blanken Schädel streichen, um dir selbst den Wandel zu bezeugen vom Genie im Bockigsein zum Genie im gertenschlank gebogenen Gehorchen Meinem Wort und Sinngedicht im weisheitsvollen Buchstabieren.

Glückselig, wer sich Meiner Weisung unterzieht und glücklich, wer dem Höhenpfad gemäss das Ziel erreicht, das Ich im Fremdenführer akkurat beschreibe, um mit dir todsicher vorzugehn. Mit Mir feiern wirst du deinen Sieg im Andersartigsein als die Getriebenen von ihren Lüsten, Liebeleien und so lächerlich betriebenen und auf den Leib geschrieb'nen Albernheiten, die sie hätscheln und vermehren immerzu. In Mir wirst du als der Gezähmte und Verbrämte endlich noch zur Tugendhaftigkeit und wahren Würde auferstehn, die dir gebührt und deinem Wandel Edelmütigkeit und Augentrost verleiht im Vorwärts-schreiten.

Menschsein ist nicht bieder, sondern grandios und blütenzart im selben Zuge und beginnt mit der gebührlich festgelegten Absicht, Meiner Werke Fluss und Flor gelenkig und galant zu kolportieren. Ich trage Mich dir an und Bin heilfroh, wenn dich die Einsicht dazu führt, Gewissenhaftigkeit zu üben und Gewinn aus deinem seelenvollen Tagewerk zu ziehn. Ich überwalte wissend deine eigne Schau vom Gnadensein und begnadige dich mitten in des Unheils virtuosem Glänzen.

Glanz des Himmels wirst du auf dem Scheitel tragen; himmlische Gelöstheit soll auf deiner Lippen Schmelz vergehn im Loben Meiner Güte und im Preisen der All-Herrlichkeit, in die du liebvoll, seinsglückselig, dankbar und gelehrig eingezogen.

3.17
Im Bilde des Vereinens tauf Ich dich mit Licht von Meinem Lichte und lass Meiner Güte Strahl dein

Antlitz überfahren. In reiner Redlichkeit gewähr Ich dir den Geistesaufenthalt in Meinem Mich-Begründen. Absolutes Schweigen ist vonnöten, um in Meiner glänzenden Allgegenwart den Wortlaut Meiner Botschaft zu vernehmen.

Ich will dich mit der Trikolore Meiner Göttergunst umfangen und dir nach Noten lieb und gut sein, um dich sanft und sicher über jene Schwelle der Entschiedenheit zu leiten, hinter der der Himmel der Gottseligkeit sich deinem Schauen öffnet und dein sehnendes Gemüt in aller Form mit dem so majestätischen begabt, das Ich von Meinem Wesen dir entgegentrage.

Still und fromm empfängst du, was Ich als ein reizendes und reines Angebinde Meiner Kunst, Mich zu vergeben, vor dir präsentiere und damit bewusst und heiter deine Fähigkeit vermehre, Selbstbewusstsein zu erfahren und damit die Wonne, Mich in Meiner Allverwirklichung und Liebeskraft auf's Innigste und Schönste zu verstehn.

3.18
In dem Moment fährt Es in Mir so weiter, wie's die grossen Künstler aller Zeiten Schicht auf Schicht in Farbenbuntheit aufgetragen haben. Hier Bin Ich als ein Querkopfgrübler, Kurzzeitrechner und Privatgelehrter dagesessen und habe nicht gewusst, wie einfach im Verborgenen in Mir des Lebens Blüte duftete und sich an Meine Wendigkeit und Wenigkeit vergab.

Da hat es sich ergeben, dass Ich vieles noch verdarb, was auf dem Teller Mir das Leben wohlgesittet und galant entgegenbrachte. Ich wollt' es besser wissen und verwechselte dabei Bananen mit Orangen und Salbei mit Wegerich, so dass die

Sauce bitter schmeckte, die Ich Mir auf's Brot gestrichen hatte.

Ganz allmählich lernte Ich den Dingen ihren Lauf zu lassen und nichts mehr zu forcieren, was in schönster Eintracht sich gestalten wollte in des Tageslaufs Gebärde und Erinnerung, an was in Wirklichkeit zu tun sei in der wohlbemess'nen Stundenzahl.

Das Zwischenmenschliche vertiefte sich. Die Freundschaft wuchs zu jenen Wesen, die Mir zur Belehrung und zur Herzensfreude auserlesen waren. Als Reifender genoss Ich ihrer Reife Drang und sacht und sicher auch begann Ich Meine eigene Identität zu spüren.

Da legte sich der Weisheit Schwinge federleichten Fluges auf Mein Schulternpaar und offenbarte Mir, wie klein und gross zugleich Ich sei im Seinserkennen, dem Ich Mich voll Staunen, Dankbarkeit und Herzensgüte weihte und damit den Weiten des Bewusstseins jenen Stellenwert verlieh, der ihnen zukam und Mir eine neue Dimension des Daseins brachte, von so wunderbar erhab'ner Qualität, dass Ich Mir sagen musste, wie so kindlich, dumm und dumpf Ich doch vordem im Leben stand und Mich durch Meine Wege schlang und schuftete und Ängste ausstand, riesengross in Meinem kleinkalibrigen Gewahren.

Nun also ist Mein wahren Ichs Gedeihen Mir zum Fest geworden des vernünftigen und zielbewussten Handelns an Mir selbst und an der Welt, die wohlbegründet, seins-gerecht und silberglänzend vor Mir lag. Ich wusste nun aus welch bewundernswertem Strömen, Strahlen und Begüten Ich Mich selber nährte und Mich mit dem Wohllaut wahrer Wirklichkeiten und geziemender Wahrhaftigkeit versah. Das Kleine an Mir hatte sich zu fügen und das Grosse schaute sich inmitten aller Herrlichkeit des Daseins als geregelt an, gestählt, gesundet und unendlich sanft dem Sein verbunden, das Ich selber in Mir war. Welche Seligkeit brach auf in dieser blühenden Geschichte wahren Lebens und Bestehns, in diesem Ende allen inneren Ringens um das Licht und in der strahlenden Vollendung eines Werks der Güte und der gloriosen Grazie an Mir selbst, der Ich der Himmlische und Unbescholtene, der Tugendhafte und der Reine an sich war.

3.19
Siehe da, von Meiner Warte aus hast du beileibe nichts zu fürchten. Es weht ein Singsang von Glückseligkeit durch deine Seelenräume und belebt, was du dir bist, mit reizenden Besonderheiten, die von Wärme des Gemüts, von Traulichkeit des Himmels und von Sternenweisheit was verstehn.

Kannst du ermessen, was es heisst, galant im Übersinnlichen zu schweben und seelenruhig aller Dinge Urgrund zu betrachten, der da ist das Sein von eignen Gnaden und Begünstigungen, von Gelehrtheit und Bewusstheit ohnegleichen und von überragend wesenhafter Majestät. Es adelt dich das Allumfassende, das aus sich selber ausströmt und in dir das seinswahrhaftige Ende findet, als begründet und getan, als Segensspruch an seine eigne Würde, wie als Sakrament der Zuversichtlichkeit im zielbewussten Weiterschreiten.

Wie gütig streust Du Blumen der Begeisterung in Mein dezentes Schweigen vor der Unermesslichkeit, in der Du dich ergehst und Deiner Sternenkreise Vielfalt in die lichten Räume sendest, die Dir eigen. Seinsbewahren und Beleben ist Dein all so geistvoll auferwecktes Ideal und offenbart die denkerische Qualität und die Gebärde reinen Überragens, die Du so gekonnt in Szene setzest, liebevoll und heiter, licht und schön.

Was ist es doch für eine Tugend, in sich selber wahr zu sein und alle Stärken, wie auch Schwächen, glasklar zu erkennen und danach zu handeln in Gewissenhaftigkeit und Treue zu sich selbst, durch silberglänzende Äonen, die das Wesen der Geduld und die nie nimmer ausgesog'ne Unerschöpflichkeit bezeichnen, die die Längen und die Breiten wesenhaft durchzieht.

Seinsgeahnt und seinsverschrieben folge Ich dem Wink der heiteren Holdseligkeit, die Mich beseelt in allen Teilen Meines seinsvollendeten und kräftevollen Auferstehns in Meine Gründe und gestehe Mir des feinen Lächelns und der sinnenden Natürlichkeit holdseliges Erquicken zu.

4

Du, Mein guter Geist

4.1

Du, Mein guter Geist, willst Mir was sagen von des Himmels Deutung und Befehl. Ist das Gehäuse winzig, das Ich an Mir trage, so erlebt Mein Ich sich als unendlich ausgedehnt, gewaltig gross. Damit ist der Wirkkreis Meines Seins in alle Himmel ausgegossen, Meines Denkens Sinngedicht und Sagen trägt sich allen renommierten Geistern zu, die sich im selben Feld der Gegenwart befinden und vernimmt das All in Mir, indem Ich es bedeutungsvoll erfühle.

Weide dich an allem, was da ist, darf Ich Mir sagen und begünstige das All mit dem, was dir so einfällt an Bezauberungen und beglückenden Liebkosungen der seinsgeliebten Wesen, die dich mild und wohlgemut umschweben. Es geziemt sich dir, ihr Gegenwärtigsein zu anerkennen als ein Wirkliches, wie deins und Meins, in der Erhabenheit der Stunde, die dies alles aufdeckt und gewissenhaft erwähnt.

Du bist ja ohnehin mit allen gottgesegneten Gewalten einer wunderbaren Heerschar Anhang und Idol, als von einer Anmut und Gelassenheit des Wesens, die in scharf geschnittenem Kontrast zum äusserlich geschauten Welterscheinen steht. Dass du dir sagen kannst, Ich Bin, ist dann das Tüpfchen auf dem i der Sagenhaftigkeit, in der du dich begründest und erlebst. Den Götterspuren bist du nachgegangen und hast sie selbst in ihrem Wohlklang und in ihrer Seinspräsenz gefunden, als die lautere Schönheit und Vollendung der Ideen, die da aus sich selbst geworden sind als Zierde und Beglaubiger des Seins, das in unendlich liebevoll und zärtlichem Umfangen allem übersteht, was als Gewordenes sich fühlt und sich behauptet im Allhier.

Lerne dich zu sammeln und ermanne dich dazu, die Göttersprache zu verstehn, in der Ich dich mit einer Wissenschaft betreue, die Bedeuten in dein Dasein giesst und deine Züge schön macht auf dem allverlockenden Parkett, das deinem Willen und Gewalten ist dahingegeben. Sei von Mir gesegnet im erhaben meisterlichen Tun und sei in deines Glückes seinswahrhaftigem Erleben - eines Sternenbürgers Wohlfahrt und Idol.

4.2
Amore wirst du überall verkünden, wo die Herzen sich berühren und des Herzbluts wundertätige Getragenheit ein Halleluja singt auf was es allertiefst empfindet im holdseligen Begreifen seiner Liebeskür.

Dabei trachtest du danach, den Kreis zu schliessen zwischen oben, unten, rechts und links, im Sinn der Herzensgüte, die die Weltengeister alle schicklich in sich tragen. Gepriesen sei der Tatort des Vereinens aller Gegensätzlichkeiten in der Lauterkeit des Seins an sich, das mit unnennbar süsser Grazie sich selbst entgegenkommt in allen Wesen seines Marschbefehls. Ich besinge Mich im Sein, darfst du dir sagen und darfst aller Höh'n und Tiefen Partner sein in deinen himmlischen Ambitionen und deinem auserles'nen Seinsgefühl von Meinen Gnaden.

Bestimme du, was dir am allermeisten frommt, indem du Mir das Sagen überläss'st in deines Herzens Gral und Gruft und Gläubigkeit im konsequenten Nach-Mir-Trachten und nach Meiner Fähigkeit, den Dingen Glanz und Gleichmut, Seelenseligkeit und lächelndes Genügen einzuflössen.

Ich Bin, bedeutet dir - das Ewige zu sein und seiner Meisterschaft im liebelichten Wunderbaren eingefügt zu werden, nahtlos in ebenbürtiger Weise, die das Hier umfasst allwie das All der Sterne, die in unendlich angetrieb'nem Sich-Verkreisen durch die Himmelssphären um sich selber gehn.

So brüst Ich Mich, so rüst Ich Mich im Blauen Meiner unerreichten Künste und begabe alles, was da ist, mit Licht von Meinem Lichte, mit dem Herzenssegen Meiner liebevollen Anteilnahme am Geschick der Vielen, das das Meine ist in allen Regionen.

Wirf dich in die Schlacht um das Erkennen Meiner Wirklichkeit im Kosmos der Gedanken und Gefühle, die da durcheinander wallen unermesslich, unerbittlich, wunderbar. Trachte nach Begüten und Behüten aller Wesenhaftigkeiten, die sich dir vertrau'n und die sich traulich an dich schmiegen. Binde, löse und verbinde alles mit der Liebe lichtem Strahl und erlöse deine, Meine Welt durch die Gebärde des Beschauens und Vertrauens, Wachens und Gebietens, Seligseins und Alles-alles-inniglich-Verstehns.

4.3
In Rängen hoher Wahrheitsdichte wese Ich als Übervater der gezählten Dinge ewiglich dahin. Meines Mich-Verströmens inne, weben, leben, streben ist die unvergängliche Devise Meines seinsglückseligen Befindens. Meiner Labsal Meisterzüge sind die folgerichtigen Erwägungen, die den gehörig durch-geführten Aktionen Meiner Inbrunst zu Gevatter stehn.

Lass es gut sein, wenn Ich immer wieder darauf poche, dass du Meines Ebenbilds Gefährte bist, im wunderbaren Einklang mit den Seinsgedanken, die Ich für dich hege. Was sprichst du zu den Deinen? Der Unvernunft muss das Vernünftige folgen; den wechselvollen Bildern auf der Staffelei des Lebens hauch Ich Farbe ein und Wohlbefinden, feierliche

Unbeschwertheit und den Glanz des überaus Phantastischen, das frank und frei aus ihnen strahlt.
Ich lächle, wo soviele Trübsal blasen; Ich überwinde, was die Schmerzlichkeit gebar. Mein Vorbild wird zum Nachgebilde jener vielgeprüften Seelen, die voll Tapferkeit und Wohlerwogenheit im Dasein stehn. Elegant beschliesse Ich, was in Mir aufgebrochen. seinselegisch lass Ich Meine Winde sich verwehn und schicke Meinem Horizont Glückseligkeit und Harmonie, Getragenheit und Wonne ins Vergluten.

4.4
Ich Bin der grosse Wandler und Verwandler deiner Angelegenheiten, Bin das Sieb, in dem die Früchte deines Tuns gewaschen werden, dass sie rein sind auf der Reise in das ewige Behüten. Komm Mir nicht zu nah, eh du begriffen hast, dass Ich nur absolute Klarheit akzeptiere und dass nur reine Dinge Meinen Seinsblick überstehn.
Ich lehre Leistung und Gewissenhaftigkeit in allen Sparten deines Tugendkraft-Erringens und begehre den Pokal für Meisterschaft im Unbestechlich- und Präzissein vor dem Augenblicklichen, das sich dazwischen schieben will, wenn das Bewusstsein höhere Werte und Belange ins gewieft geword'ne Auge fassen möchte. Meine Schwinge streift dein Wesen in der Absicht, noch das allerletzte Stäubchen von dir wegzufegen, das der Makellosigkeit entgegensteht und deinem Denken einen Mangel anerziehen will im täglichen Getriebe.
Ein Schauder fasst dich an vor dem, was wie ein Abgrund der Unendlichkeit sich deinem Auge öffnet, wenn du nach den absoluten Dingen trachtest, die da sind das Geistige und Ewige und Unaussprechliche und Ungeborene in deines Wesens

vielverschlungner Mitte aller Kräfte, die dich wirken und dir Leben sind und Klugheit, Wachheit, Würde, Kraft und Grazie des Erscheinens.

Benimm dich wie ein Held, dem nichts entgeht, was seine Feinde ihm versetzen wollen und der noch jeden Schlag pariert, der seiner Hoheit gilt und seinem Sinnen nach der besten Note in der Wertung seiner Künste vor versammelter Jury. Bleib dir, was du Bist und sage niemals „nicht gewusst" und „nicht gekonnt", denn alles lässt sich lernen von dem Einen, das da lehrend, strahlend, liebevoll und lauter seinen Schutzbefohlenen entgegenleuchtet und ihnen Weg ist und Befreier, Weisheit und Beglücker auf der Reise in die Reiche der Verheissung und Glückseligkeit, die jedem offen sind, der sich um Wahrheit, Himmelstrautheit und Gerechtigkeit bemüht in seinem Wirklichkeit-Erfahren.

4.5
Noch blüh'n die Rosen akkurat für dich, wenn du dich fangen lässest von der Obrigkeit der Sphären. Trachte demnach nach Berühren mit dem Vater aller Dinge im Allhier.

Nur dein Sein zu spüren, gehst du durch Äonen still und unverwandt dahin und trägst die Bürde deiner Leben als ein Faktum steter Zuversichtlichkeit, bis sich der Glanz des Ewigen dir öffnet und als eine sagenhafte Labsal deinen Scheitel überfliesst.

Im Werden liegt das Sein und in des Seins Begründen alle Werdelust der Welt, in die dein Wesen unerbittlich eingebunden. Der Erkenntnis deiner überirdischen Gewinde schliess dich an und löse dich vom Bann der Drangsal, die dich an das Irdische und Erdenschwere kettet.

Dein Bewusstsein ist das Medium der Unermesslichkeit, das dich in kosmisch ausgebreiteten Gefilden spazieren führt und dir Gewähr verleiht für strahlende Unsterblichkeit und immanenten Frieden. Nicht du bist du, doch eine Folge ineinanderströmender Gedanken schafft, was du dir bist aus höchsten Höhn hinunter bis zur winzigen Gebärde, die sich als dein Weltsein äussert, die beständig kommt und geht, derweil das Hohe, Höchste in dir seine Siegeskreise unablässig weiterzieht.

Weisst du das, dann strömt Glückseligkeit in dein Befinden und das Mass vollkommner Ruhe füllt sich bis zum Rand vor deinen Seelenaugen. Du Bist und bist getreu ein Abbild der Unendlichkeiten, die da webend sich erleben im Allhier. Alles ist ins Eins- und Einigsein gelegt und aller Welten Glorie trägt Mein Siegel, als in Mir gerundet und gestählt, gesundet und erwählt in unnachahmlicher Gediegenheit und Grazie der Sphären.

4.6
Makelloser Fund in Meinem Ich-Sein in des Engels Strahlenkleid und Unterweisen. Es gehört ein vielgefühlter Dank dazu, dass in des Schauens Poesie ein Wesen sich gehörig offenbart, das in die Reife der Erhab'nen einzureihen ist; Es klingt Mir wie ein Märchen, dass es frank und frei verfügen kann über seine Güter und Besonderheiten.

Metamorphose des Bewusstseins, will Ich's nennen, wenn das Erkennen neue Züge annimmt und die Seele sich im Geisterlande wirken sieht. Geschmeidig ist das Feld, das vor ihr liegt, bereit für das Gezwitscher ihrer Aktionen. Nun wird es offenbar, zu welchen unerhörten Taten sie befähigt ist in ihrem Drang, der Welt Impulse wahren Fortschritts und wahrhaftigen Sich-Bewegens zu verleihen. Keine Mühe ist ihr nun zu viel, den Aufbruch zu den Sternen zu verkünden und den Geistern Wegbereiter in ein neues wunderbares Sein zu sein, gefördert und gespickt mit hunderttausend Gnaden.

Reaumur und Celsius sind längst verschwunden vor der heissen Glut, die ihrem Eifer zu Gevatter steht im Kräftewallen, das sie in Bewegung setzt und im Gedankenfluten das Geringe anstösst und Gewaltiges erreicht mit seinem sinnbedeutenden Geschiebe.

Enormes wirkt ein jeder fest gefasste Seinsgedanke in der wohlbereiten Dienerschar, die ausersehen ist, den Sinnspruch ihres Wollens zu vollbringen in der Tat und in der Glorie des Erschaffens neuer Werke, die die Welt verändern und ihr neue Würde schenken, licht und schön.

Was da waltet, ist der Göttlichkeit Befinden, was da schaltet ihres Schaltens Zug. Sieh nur zu, dass deine Lebenstreue alles Nied're überwindet und dich zur Erhabenheit der Sterne trägt. Du bist gewappnet für das Keimen, das in der Sphären gold'nem Klange liegt und für das wundertätige Vereinen, das über jede Erdenwirrsal siegt und prächtig, mächtig im Verkreisen und in des Waltens reiner Kür, sich als gottselig wird erweisen, an der Unendlichkeiten Tür.

4.7
Markiere jeden deiner Schritte auf ein wundertätig Ziel und wisse, dass noch Aberviele es, getreu und redlich von dir angeführt, erreichen wollen. Jeder kann des andern Führer sein, wenn er in selbstvergess'ner Lebensliebe auf dem Pfad der Reinheit und der Zuverlässigkeit, der Wachheit und des Sich-Verschenkens weiter vorwärts strebt, den er

für sich begonnen und in des Seins Triumph vollenden wird auf meisterlichen Höhn.

Trachtest du nach Ruhm, so lass Ich dich nach deinem Eigensinn verfahren. Ist dein Wille und Gewinst nach Mir allein gerichtet, heb Ich dich vor aller Augensterne Glänzen in die Überschwänglichkeit des Himmelslichts empor, zu deinen und zu aller Gunsten, die nach deinem Richtmass fürbass gehn.

Wer die Trommel rührt, soll auch ein Leitbild vor sich haben, das von jedem Eigennutz befreit in makelloser Schöne auf dem Scheffel steht, als wie von Engeln hergetragen. Weiden werden sich an ihm die angesehendsten Geschlechter in der Generationenfolge der Verliebten in Mein Werk und Meine runde Zahl von weiterführenden Beglaubigungen für die Reise in das Ewige, das Ich verkünde und dir mundgerecht und schmackhaft machen will in Form von wundervollen Auserlesenheiten.

Aller Wahrheit Seim fliesst unentwegt von Meinen Lippen und beweist genau und ohne jedes Federlesen die Erhabenheit, in der Ich Bin und wese. Zweifelsohne halte Ich nur bei Mir selber Rat, weil Ich die Quelle Bin des überirdischen Erratens und der Dorn des Wissens um das Eine, Einzigartige und liebenswürdig Durchgezogene durch den unendlich wechselvollen Wandel der Äonen.

Wer schaut das Billett für die Fahrt ins Grüne kritisch an? Der Schaffer ist's, der mit der Zange seiner Gültigkeit den Ausdruck impliziert. Genauso lasse Ich an Meinem wachen Blick kein noch so kleines Angebind vorüberziehen, ohne es auf Herz und Sinn geprüft zu haben, um es dann energisch mit des Stempels Mustergültigkeit und Minne zu versehn.

Ich behirte das Geschehn der Welten mit dem Anreiz, den Ich pausenlos in sie versende, mit dem Druck und Zug, den Ich der Widerspenstigkeit der Wesen angedeihen lasse, die Ich in die Himmelssphären führen will und ins Bewusstsein der Allherrlichkeit der Dinge Meines Rauschens. Tritt hervor und melde dich zum Sondertrupp der Inkarnierten, die ihr Ewiges zu schaun' erstreben. Wirkungsvoll und wahr und aufrecht und bedeutsam soll ihr Gang zu Meinen Zelten werden, die mit Absicht mitten unterm Volk auf fetten Triften ruhn, an denen es in seinem Wahn so unbeteiligt, wie's nur möglich ist, vorüberhastet. Nur die Eingeweihten sehen sich genötigt einzutreten, um in ihnen den geheimnisvollen Schimmer wahren Lebenslichtes zu empfangen, das ihr Wesensein verändert und ihr Sehnen zur Wahrhaftigkeit verführt. Der Hirt Bin Ich für alle, die Mich suchen als Garant für fabelhaft gerundetes, geheiligtes und heiles Auf- und Niedergehn. Gewahre und bewahre Mich und du hast alles, was du brauchst, ergriffen. Folge Meiner Sendung Ruf und du bist zum Seligsein berufen und gestählt, erhoben und erwählt und mit dem Siegel namenloser Allgerechtigkeit bezeichnet, unauslöschbar, zeitlos und gediegen.

4.8
Weltverstehn und strahlendes Behüten sind von Mir. Aufrecht in den Weiten, generiere Ich gedankenvoll was Ist und schaue Mich im Spiegel der gediegenen Unendlichkeit, die Ich Meinem Wonnesein erschuf. Zarten Mitgefühls erneu're Ich den Schwur, in allem Leidenden ein Eigenes und allem Strebenden ein Mitbegründendes zu sehn. Es lockt Mich, der Verlockung nachzugeben, immer weiter

auszuufern in die Vielfalt Meiner Selbst im Grandiosen, dessen Zauberer und Hüter Ich Mir Bin, verbindlich, richtungweisend und erhaben.

Ich kneife nie, wenn sich auch noch so viele Unverständige beständig in die Schenkel kneifen, um sich bei den Seinsbedrängten und Aus-sich-Vertriebenen zu etablieren. Mein Wort ist der Garant für jede unerschütterliche Seinsgeschichte, die in Mir ersteht, und Meine Züge sind in jedem Fall gelassen und potent im Sinn des Vorwärtsschreitens über Zeiten und Äonen hin. Kalibriert und wohlgemessen sind die Früchte Meiner Siegestaten, wunderbar geschmeidig, was da blüht und duftet in der geistvoll operierenden Gemeinde Meiner Wesensglieder. Sieh die beutegierigen Tentakel einer Krake ihr geniales Werk vollführen: Ausgegangen, ausgestanden ist das alles von dem Geistreich der Gedanken und Gefühle, dem Ich Mein Bewusstsein eingeschrieben habe, wie Mein seinsgewaltiges Wollen, unfehlbar.

Gleichmut, Stärke, Transzendenz und wachsende Bedeutsamkeit sind Meines Seinsbefindens Glorie und Stil. Lebendig ist in Mir das Sehnen nach dem Reichtum reiner Fülle, das den Fortschritt antreibt, mitten in dem ewigen Beruhn, auf das Ich Meine Taten gründe und in dem Ich Meine allerreinste Lehre finde in des Lichtreichs strahlendem Azur.

Was Mich bindet, bildet Mir den Aufruf zum Erlösen. Was sich von Mir löst, wird in sich selber unbedingt und phantasievoll Meine Bindung suchen. Einssein ist der Weltendinge Richt und Ziel und In-sich-Ruhn der Harmonien Strategie im unermesslichen Getriebe.

Eine Schau von graziösem Seinsgedanken-Weben fällt Mich an und zeigt Mir, was Bedeutung hat im Reich der Eleganz und des behutsam phantasierenden Gestaltens neuer Daseinspoesien. Im Schweben sind die Schleier ganz besonders licht und schön und in des Schwebens seins-harmonischem Gedichte spricht sich aus, was Ich an Schönheit, Grazie und Anmut in Mir trage.

Glückseligkeit am Schaffen nenn Ich, was das All zum Sein bewegt und Gleichmut der Genügsamkeit, was es einstens wieder in das Weiselose fluten lässt in unvergleichlichem Entzücken an sich selbst und am so wunderbaren Wohlgeraten.

4.9
Niemand kann Mich daran hindern, ins Sein hinaufzusteigen, um in ihm die Kräfte zu gewahren, die Mich führen durch des Himmels Sinn und Ziel. Leichten Fusses, leichten Flusses lass ich Mir erklären, was das Wesen Meiner selbst bedeutet in den Sphären der erhobenen Beschaulichkeit und in der Athmosphäre unerschöpflich wunderbarer Ruh. Was immer Ich Mir so gewähr, trägt das Siegel der Vollendung, die Mir eigen ist für alle Ewigkeiten und von deren Fülle Ich in allen Meinen Unternehmungen und Schöpfertätigkeiten unaufhörlich zehre.

Mit überragender Geschicklichkeit vermag Ich noch in jeder noch so wirr und aussichtslos erscheinenden Affaire Meines Wortes Seinsbefehl zu brauchen, um die rechte Ordnung herzustellen, sei's, um die Gemüter ganzer Völkerscharen zu befrieden, sei's, um die Gedanken, die für Recht und Ordnung stehen, in die Häupter derer einzupflanzen, die den Mut, den Willen und die Macht besitzen, um Gesetze einzuführen, die dem Frieden und dem Glück der Menschen dienen.

Sicher ist, dass Meiner Hoheit Drang Mich dahin zieht, die Welt zu Schönheit und Erhabenheit zu führen und allem Edlen und Gerechten, Reinen und

Geselligen, wie Zärtlichen und Feinen absoluten Vorrang in der dringendsten Verwirklichung und Würde einzuräumen.

Bin Ich, dann Bin Ich der Gerechte an Mir selber und eröffne das Gebet des Muzzelin mit ebensolcher Selbstverständlichkeit, wie Ich dem Segensspruch des eifrigen Prälaten freie Bahn gewähre. Es reichen sich die guten Geister von den höchsten Sphären bis hinab zum schlichtesten Gemüt die trefflichsten Gedanken, dienstbeflissen rasch und liebreich zu, um das zu wirken, was der Güte Vorschub leistet und den Willen stählt, das Gute unverzüglich und galant zu tun in allen Regionen des bewussten Handelns und der seinsbewussten Redlichkeit, die Meinem Fluss und Einfluss zur Verfügung stehn. Dies vollzieht sich ohne Wenn und Aber in der gloriosen Einheit Meiner selbst, die Ich in Mir erfühle und in jedem Fall vertrete, den Ich zum glückselig und bewundernswerten Ende führen will.

So leiste Ich, was Mir in allem zusteht, was da Ist und was Mich fordert und erhebt. Ich garantiere Mir die Fülle, die Ich unaufhörlich webe und gewinne Achtung vor Mir selber in dem Mass, mit dem Ich Wunderwerke der Erbauung inszeniere. Ich füge sie dem Reigen Meiner all so graziösen Wesensglieder ein, um deren Tänze zu beleben und Beglücken und Entzücken in die Wunderweiten Meiner Räume auszustrahlen.

Das Vortreffliche erfährt sich selbst in Mir und Meinem Mich-Erfüllen im äonenlangen Mich-Gedulden und Mein Sein dem Allerbesten, Allerlieblichsten und Allerwonnevollsten zuzuführen.

Lächelnd gleite Ich ins sinngelad'ne Weilen, das weder Wünsche kennt, noch das geringste Unbehagen, weil es vollends aufgeht in der Seligkeit und

Süsse, die Ich immerdar empfinde, lichtvoll, zart und wunderbar.

4.10
Liebewärme Bin Ich in des Seins umfassendem Erbarmen. Das ins All Zerstreute suche Ich zusammen und verleihe ihm den Halt aus Meiner Liebe Schoss, aus Meinem seinswahrhaftigen Umfangen. Wer in der Welt der Nützlichkeiten weiss eine Antwort auf das Pochen seines Herzens in der Ängstlichkeit, vor dem was kommen mag? Wer übergleitet seine Unrast mit der mütterlichen Geste reiner Ruh? Mir allein ist es gegeben, aus dem Wesen Meiner Fülle jene Gabe auszulösen, die dich tröstet und erhebt zu Meinem seinsbewussten Willen und zum Überschwang der Dankbarkeit, die du im Angesicht der Rettung aus der Not herzinniglich verspürst.

So sag Ich denn: Auch du bist dazu auserwählt, den feinen Hauch in dir zu spüren, der da Leben heisst und Liebe, Glück und Lust und Frieden. Sammle dich zu diesen hohen Werten und du bist für alle Ewigkeit bei Mir geborgen und zur Himmelszärtlichkeit erlöst. Bedenke, was es für dich heisst, Gewissheit zu erlangen über die so wunderbar um dich besorgten Kräfte, die dir innewohnen, um den Fortgang deines Lebens zielbewusst zu lenken, Meinen Herrlichkeiten zu. Nur, dass du ihres Willens Weisheit auch begreifst und ihre Absicht nicht behinderst mit dem Eigennutz, der dich ergreifen will von Erdenbürgers Gnaden.

Wohl verankert sei in dem, was dich hier trägt, doch liebevoll und tapfer, menschenfreundlich, zuver-sichtlich und erhaben sollst du in den Sphären sein, die Meiner Hoheit angehören und von Meinem Geist durchwaltet und durchströmt sind, wunderbarerweis, wahrhaftig und gediegen.

Nur in dieser Aussicht und Erfahrung wird dein Leben rund und schön und bewahrt sich in sich selbst als eine Perle der Genügsamkeit, des Seinsvertrauens und des zärtlichen All-Liebens, das Mich meint in allen Regionen, Wesen und Lebendigkeiten, die da sind und ruhig oder aufgeregt ihr Werk in Mir vollbringen. Traue dir Erbarmen an der Schöpfung zu und deine Seele wird erwarmen und das All begreifen im Bewusstsein der Unendlichkeit und des In-Mir-Beruhns, in Losgelöstheit und unendlich reinem Frieden.

4.11
Wind und weh mag dir noch werden beim Erklären deiner Seinsgewinste in des Lebens Richt und Zielen. Barhaupt stehst du da, unbemittelt und zerzaust und ehrlos, wenn man dich befragt nach dem gewissenhaftem Résumé und Rückhalt deiner Geistestaten, denn mit null und nichts kannst du dich brüsten. Höchst schleierhaft ist deine Vorstellung vom Jenseits der Geschichte, in das du mit der ganzen Menschheit eingebunden bist und das in deinem Hiersein die entscheidend wesentliche Rolle spielt für dein umfassendes und seinsgerechtes Weiterkommen in der Lebensstrategie.

Du lässest etwas aus, was dir zuallermeist vonnöten, wenn du dich nicht kümmerst um das geistige Oho in deinem Sinngehalt und lebenslustigen Walzerspiel. Mach hoch das Tor, will Ich dir sagen und vernimm den folgenschweren Sermon Meinerseits in Form von richtungsweisenden Gedanken, die dir wohl anstehn, wenn du nur lernen willst, mit ihnen zünftig und geduldig umzugehn.

Von Mal zu Mal des Innehaltens im alltäglichen Getriebe wirst du mehr von dem erhaschen, was wie ein Wölkchen der Vernunft an deinem Sinn und Sein vorübergleitet. Du wirst gewahr, wie du von innewohnenden bewussten Kräften angestossen und gelenkt wirst, Tag für Tag, in wunderbarer Übereinkunft mit dem Weltgeschehn. Es ist, dass du getragen wirst von einer geistvoll waltenden Betreuerschar, die alles daran setzt, um dich zu neuen Dimensionen des Bewusstseins hinzuführen.

Bilde dir nicht ein, du wüsstest schon, wie man das Leben meistert und wie man das Schicksal zwingt, für die bedeutungslos gerissenen Gelüste deiner Sinnlichkeit gerad' zu stehn. Die Rechnung geht nie auf und hüllt dich in den fahlen Nachgeschmack des Unerfüllten, dem du nachrennst, unbesonnen und banal.

Gib dich Mir und Meinem feinen Drängen hin und du erlebst die Sammlung, die die Menschen für das Ewige brauchen, die ihrer Würde Anfang ist und Ziel. Gebenedeit sind, die der Lebenszeit in Meinem Sinne Nutzen bringen und Gedanke auf Gedanke nach Mir folgen lassen in der philosophischen Betrachtung der Gegebenheiten. Innere Ruh und Sicherheit wird jeder ernten, wenn er gehörig mit Mir handelt und durchs Dasein wandelt im Bewusstsein Meiner Sphären und Beglaubigungen; offenbar wird ihm die Grösse wahren Seins in einer Wirklichkeit weit über allen Nöten.

Als himmlisch und beglückend wird er das empfinden, was von nun an sein Gemüt bewegt und seinen Lebenslauf begleitet als ein Ganzes, Wunderbares und Gerechtes in des Seiens Gunst und Güte, Liebenswürdigkeit und Harmonie.

4.12
Die Gedanken hören auf zu sinnen; Meine Ruhe ist ein Meer und ein unendlich feines Schwingen, geheimnisvoll darüberher. Meine Fischlein haben keine Lust zum Beissen; wohlgesättigt in den kühlen Wellen treiben sie; Ihr Dasein will Ich Seinsglückseligkeit und Frieden heissen, in des Lebens Farbensymphonie. Liebvoll offenbar wird Mir das Eine, dass da Heiterkeiten walten, wo Ich ruh, derweil Ich Mich mit allem Sein vereine, wunderbar lichtvollen Himmeln zu.

4.13
Mein Sein ist Ruhe, Sicherheit und Harmonie mit allem, was Ich in ihm froh und unbeschwert gewahre. Über allen Himmeln Bin Ich im Bewusstsein namenloser Ruh. Oh unsagbar Gewaltiger Du, was hast Du alles um Mich her und in Mir Wunderbars geschaffen, was schwebst Du mit Mir durch Unendlichkeiten, wie lüftest du Geheimnis um Geheimnis Mir und wie erhaben Bin Ich über Raum und Zeiten, so selig wohlbewahrt und lupenrein in Dir.

4.14
Im Unendlichen wach, welch lichtvolle Zierde des Lebens, vom Geiste der Wahrheit getragen und mit ihm auf's Reinste vermählt.
   Eine Schau auf was du Bist ist allemal ein ganz entzückend Geistesabenteuer, das dir deine Menschengöttlichkeit vor Augen führt und dir das Kleinste wie das Allergrösste zeigt in deines Wesens Formkunst und Bewahren.
   Du begreifst, wie sich das All zusammenfügt aus Geisteswirklichkeit und einer Sturzflut prächtiger

Illusionen, die dir weise machen wollen, dass dein Erdenleben in sich selber Antrieb sei und Wurzel, Blütenstolz und Überleben. Nichtig wird dies alles vor dem Seinserkennen, das hinzufügt, was dem Starren auf das irdische Geschehen fehlt und was den so in sich geschloss'nen Menschen frei macht für das Unendliche, das in ihm webt und lebt und dessen Zeuge er sich selber ist im Seinserleben.

In dieser Perspektive lässt sich's leicht und leise sagen: Berufe dich auf was du Bist und schenk dir ein aus vollem Kruge des holdseligen Gewahrens deiner Kräfte, Säfte und Verbindlichkeiten. Habe teil an dem, was eine Welt des Irdischen wie Überirdischen zusammenhält und allen Wesens Anfang ist und glorioses Hüten und Vergüten, aller Sang und Klang und alle Zärtlichkeit des friedevollen In-sich-Weilens.

Er-innere dich an die Herkunft deiner Züge und ermanne dich, dir selber eine grosse Zukunft und ein Fest der wunderbaren Seinsgeschliffenheit und Grazie des Befindens anzusagen. Ernenne dich zum König deiner selbst in Gottesgründen und weise in die Schranken, was sich vordem an dir stolz und selbstgefällig, bieder, klug und rabiat gebärdete im tiefsten Unverstand und dumpfen Brüten.

Ich Bin, darfst du dir sagen als Erweckter und Ins-Licht-Geborener der Himmelssphären. Die Engel sind dir Zeuge deines neuen Seinsgefühls, derweil die Kräfte eines Cherubim wie Harfentöne dich durchfahren.

Was ist Glückseligkeit, wenn nicht dies rauschende Gewissen von dir selbst, dies Schweben und Erleben in unsterblichen Gefilden der All-herrlichkeit und dieses Geisteslicht-Gewahren als das Vorbild und den Inbegriff von Myriaden Sonnen und damit des Sternenhimmels, den wir nächtig so verehren. Wer wollte nicht in diese Schönheit und Bewusstheit tauchen, um sein Haupt mit Gottes Glanz bekränzt zu sehen. Es ist im Irdischen die Demut, die dies leistet und im Göttlichen die Gnade, die zu einem gloriosen Ende führt, was sie in dir begonnen und was sich dann erfüllt in wunderbarer Wonne, Dankbarkeit, Beglückung, kosmischer Bewusstheit und Befriedung.

4.15
Ich überfalle dich mit der Geschichte von den Sphären Meines Aufgeschlossenseins im Ewigen zu einem Seinsbewusstsein von bewundernswerter Leuchtkraft und herzinnigem Begaben. Mach' du vor, was viele noch zu lernen haben; ermanne dich zur Tat der meditierenden Gerechtigkeit am Sein und Leben und wirke, wie ein Gottbegnadeter und Seelenseliger zu wirken hat in seinem Umkreis von Verständigen und Suchern einer Wahrheit, die befriedigt, lenkt und stählt.

Mute dir das Höchste zu, das es im Dasein zu erringen gilt und das ist: Voll erblühtes Seinsbewusstsein zu erlangen, liebevollen Glutens und mit jubelndem Begeistern, wachsend ins Unendliche hinein, der Einheit und Glückseligkeit entgegen. Barhaupt und bescheiden, sollst du deiner Wege gehn im Schoss des Zeitlichen und sollst dich als geschaff'nes Wesen würdig deinem Auftrag und Befehl erweisen. Innen aber soll die Gotteskindschaft leuchten und das Wissen um die allgewaltige Gemeinschaft aller Wesen als der Sinnkreis göttlicher Vernunft und göttlichen Erscheinens. Du tust gut daran, bewusst und heiter Irdisches und Himmlisches in dir zur wundervollen Einigkeit zu stilisieren, um dein Soll in Andacht und

Entzücken, Heldenhaftigkeit und liebendem Erbarmen an der Schöpfung zu bestehn.

4.16
Eine Hymne auf das Leben hab' zu singen Ich erwählt. Geheimnisvoll und grandios und übermächtig ist es allem Wesenhaften auf den Weg gegeben, der sich kreuzt in hundertfacher Weise und mit all so vielen Charakteren, die den ihren tapfer und galant, getrieben und befördert, grimmig und geruhsam durch die Zeiten fürbass gehn. So erscheint ein Muster reich geknüpfter Seinsgewinne, deren Sinn und Zweck die Wenigsten in ihrem vollen Wert begreifen. Da tut Erkennen Not im Sinn der Weis' -Gewordenen, die wissend und gelassen, gutherzig und gestählt durch's weite Leben gehn.

„Ich Bin dafür", ist deinem Sein beständig herzusagen, aufgetragen von der Kompetenz im Ratschluss der Gerechtgewordenen in Mir. Ich Bin, wird jedes von den hierarchisch aufgetürmten Wesen liebelächelnd und gewiss verkünden in den Hallen ihres Wirkens und Bestehns. Füg dich dankbar ein in ihr Befinden und erwärme dich an den Gesetzen, die sie deinem Seelenauge zugestehn, damit du wacker, tapfer und bewusst den Weg beschreiten kannst, der in der Absicht liegt der Weltgewandtheit im Allhier.

Im Gehorchen ist der Friede deines Seins beschlossen, in der Einsicht, dass du Bist des Freiseins Elegie. Das Gewissenhafte und das Schöpferische fügen sich zusammen zum beglückenden Bewusstsein der All-Einigkeit, in der sich alles findet und bewegt und sich in Trautheit niederlassen darf zum ewigen Heil und immerwährenden Genesen.

4.17

Einer ist verschwunden in der liebenswerten Schar, doch man hat ihn bald in Mir gefunden. Erziele Einigung in deinen Sachen, oh Mensch; so manche sind zum Lachen und was du führst und was du denkst, ist widersinnig ohne Mich und Mein Begründen. Nachts ging Ich aus und schaute, was Ich schauen mochte, schauend noch in jedes Haus, da lernte Ich die Unrast kennen, die das liebe Menschenvolk befiel und ein Name fiel Mir ein, es richtig zu benennen. W, W, W: Wirrwarr, Wahnfriede, Wahlfurcht will Ich's nennen; das ist der Schluss in ihrem seichten Spielverdruss.

Die allerwenigsten sind ausgerichtet auf Mein Ziel: L, L, L. Liebe, Licht und Leben ist der Inhalt dessen, was sie sind in der Wärme Meiner Hülle, im Beweisen Meiner Tugendhaftigkeit. Als Geklärter tret Ich euch entgegen, als Bewährtes wacht in euch das Seinsgefühl in kosmischer Bewusstseinsklare über die Belange eurer gnadenvollen Symmetrie im Weltgewahren.

Die Wenigen reichen Mir den Kelch im Wert von Vielen blütenrein hinan, dass Ich versöhnet Bin und liebevollen Herzens allen sende Meines Lichtes Strahl, Meiner Gnade himmlisches Beleben.

Erkennet, was der Rettung Würde ist und allen Lebens gottesmeisterliches Spiel.

Die Sanftmut träufle Ich in eure Wunden; mit der Zärtlichkeit der wahren Liebe will Ich euch umwehn, dass eure Herzen in Begeisterung und Andacht schwingen vor dem unsäglich reinen Dom der Schöpfung, den Ich Mir erbaut aus Geistesgründen. Heil und heilig, liegt sein Wesenszug in euch verborgen, hochgemut und herrlich sollt ihr ihn ergreifen und an ihm weiterbauen als Geführte, als Erkennende und Hochgebenedeite, Meinem Sein Erschlossene Verkünder gottgeweihter Harmonie.

Sorgsam und gerecht verteilt ihr Meiner Fülle Gaben an alle, die sie suchen: an die Gläubigen der Höh'n, allwie an die beglaubigte, ins Sein erhöhte Menschenschar.

Ich komme und ihr kommt zum Freudenfest des Weltgelingens im Azur und allen wird das Herzblut klingen von unendlich süssen Wehn und von der Seins-Glückseligkeit, die ihnen dann beschieden. Wahrhaftige Lebenstraulichkeit und Milde wird euch liebelicht durchströmen und der wahren Sonne sanftes Leuchten wird euch immerdar zu Häupten stehn. Weisheit wird euch weiter formen und die Gewogenheit der Sphären ruht begütigend in Seelengründen, ewig lauter, unermesslich heiter, licht und schön.

4.18

Ein Göttlicher beweist dem andern seine Existenz, indem er sagt und weiss: Ich Bin und sich dabei auf den enormen Weg besinnt, den er zurückgelegt, bis er zu diesem Statement kommen konnte. Ein jedem Kindchen ist es in sein Sein geschrieben, dass es Ist und jeder voll Erwachsene wird dieses von sich selber dann bestätigen müssen. Das Wesentliche ist dabei, dass du dir deiner Existenz bewusst bist und dass dir klar ist, wie das Wort „Ich Bin" zugleich dein Sein im Ewigen begründet, schlicht und licht und wahr.

Dem Walten hoher Mächte gibt sich der Gesegnete dahin, den das „Ich Bin"-Sein auf die rechte Fährte führt im Leben. Geistesabenteuer wird er dann zuhauf bestehn und Feuer der Begeisterung wird immerfort sein Herz durchlohen, wenn die Stunde seines Wonneseins ihn zu den Sternen trägt des Seinsbewusstseins von des Gottes Sinn und Gnaden.

Erringe du, was doch ein Himmel von dir will und was er sehnlich von dir in der Erdenzeit erwartet; denn Gottgedanken steigen in den Welten auf und nieder und beleben und befruchten sich im Sich-Durchdringen wunderbarerweise hoch und her. Menschensinn und Gottessinn sind unfehlbar in eins verflochten und begaben sich mit Glück und Unrast, Ebenmass und Tücke, Seins-Erhabenheit und liebelichter Harmonie.

Hilf den Göttern, ihres Willens Werk beizeiten zu vollbringen und beeil dich, ihr Gewalten, wie ihr all so zärtlich Windessäuseln, innig zu begreifen. Denn das Leise, Sanfte, Gütige und Milde ist am eh'sten ihrem Liebesein und ihrer Treue zu der Schöpfung angemessen, die ihr Ein und Alles ist im Kosmos der Erscheinungen und Ruhmestaten ihres Wohls.

Wache auf ins Reich der Götterherrlichkeit und weide dich an dem, was dir seit Urbeginn beschieden. Trau dem inneren Wort und lass dir von ihm Seinsgewissheit, Seligkeit und Frieden in der lichten Seele auferstehn.

4.19
Ein Geheimbund ist nur immer so geheimnisvoll, wie er sich selber fühlt und auch gebärdet in dem Trugschluss, den er seiner Meinung auferlegt. Mich kann man nimmer ins Geheimfach stecken, weil Mein Wert und Meine Minne sich in jedem Wesenskern verbirgt als Substanz und Sinn im Leben. Nur dass sie Mich erkennten, die Geheimniskrämer um den eignen Pol, dem sie im Glanz des Trugs geflissentlich erliegen.

Die letzte Wahrheit kann man nicht verbergen. Sie ist allen offenbar, die jahrlang, still, geduldig, gläubig und gewissenhaft in sich gegangen sind, um dort den Schatz des strahlenden Ich Bin zu heben und vor sich selber aufzurichten auf dem Seins-Altar, an dessen Stufen er voll Ehrfurcht ausharrt in den Tempelstunden seiner Wahl.

Ihm ist der eigne Herzensgral genug. Nach keinem andern muss er gehen und nach keiner Regel sich bewegen, als nach der, die er sich selber auferlegt im liebevollen Vorwärtsschreiten der All-Gottheit zu in seinem Wesen.

Bist du, kann dir keiner mit noch Grösserem, Bedeutungsvollerem und Überwaltenderem kommen. In dir hast du das Mass der Welt gefunden, in dir hast du den Freudenruf des Ewigen gehört.

So lass denn ab von jeglichem Gebundensein an eines Rätsels Tücke, sei's die Gier nach Geld und anderem Vermögen, die Sinneslust, der Schlendrian und wie die argen Flüsterer und Sinnverdüsterer noch alle heissen mögen. Ich Bin in dir das Einzige, was zählt und was Gewicht hat, Sagenhaftigkeit, Wahrhaftigkeit und Poesie. Entdecke, was Ich dir bedeute und bedeute dir in jedem Augenblick das Ewige, Unendliche in seiner vollen Würde und Erhabenheit, Bewusstheit und Glückseligkeit im Herzensklang von Harmonie und Frieden.

4.20
Wo Ich lächle, lachte man schon längst nicht mehr. Wo Ich in Erscheinung trete, tritt ein jeder scheu zurück, der sich noch eben königlich und kühn gebärdete im festgelegten Rollenspiel. Nur wenn du Bist, wirst du ein Gleiches wie Ich an dir haben. Es hüllen deine Seinsgespinste alles in den Schleier der vollendeten Genügsamkeit und machen wahr, was überaus gediegen und vom Glanz der sittlichen Gelehrsamkeit durchzogen ist in allen Regionen

deines tätigen Verkündens Meiner Werte und Bedeutsamkeiten.

Geh in dich und du gewahrst die Meisterschaft, mit der Ich an den Lebenswelten webe. Schau im Staunen dich von innen an und die Glückseligkeit der Sterne wird dich unverzüglich zu den Seinserlösten schlagen.

Ich mache wahr, was so viel Forscher an der Front der forschenden Elite nicht im Traum gewahren können und erkläre Mir die Weisheit jeder Schöpfungsgeste unfehlbar, derweil noch die Bestimmungswütigen mit ihrer Theorie und Wissenschaft durchs siebenfache Dunkel tappen.

So steht Genie dem Stümpertum entgegen. So feiert das Bestandene den Sieg, derweil das Seinsbanale noch im Staub sich windet abervieler Argumente, die mitnichten zum ersehnten Ziele führen. Ich weiss, derweil ein weites, braches Feld von Ungewissheit sich um Mich verbreitet. Trau, schau wem und spinne deine Fäden vertrauensvoll Mir an, dann türmt sich deine Wissenschaft gewaltig in die Himmelshöhn und erklärt sich in sich selber als gerundet und gesundet und von Meinem Silberglanz durchzogen.

Was in Mir gerecht ist, ist auch wahr. Was von Milde eine Sage ist, gehört Mir an und heitert auf im selben Masse, wie die Güte - deines Herzens Inhalt ist und Stil.

4.21
Des Lebens allergrösste Kostbarkeit hab Ich erworben, indem Ich Mich im Sein erfühle und als Teil von ihm Es selber Bin in Lauterkeit und lauterem Gewähren. Was viele noch mit Unverstand, Unwissenheit und Ungebührlichkeit verrösten, sprosst in Mir zur höchsten Seligkeit empor,

die man erdenken kann und findet endlich den so sehnsuchtsvoll gesuchten Ausgleich zwischen vollem Erdverhaftetsein und schwerbeleichtem In-die-Weiten-Fluten, indem es in sich selber Mass und Mitte ist, Besonnenheit, Bewusstheit, Virtuosität, Geduld und Wonne des Vereinens aller Gegensätze im Allhier.

Hast du sie gesehn, die Minderen, die alles nach der Quadratur des Zirkels aufbereiten wollen. Gute Grüsse send Ich ihnen zu und lasse sie ihr stümperhaftes Werk vollbringen, derweil Ich Meinem Stil vergnügt den letzten Schliff verpasse im Zirkus der gastierenden Vorzüglichkeiten Meiner Wahl.

Wenn Ich komme, steigt das Barometer steil hinan, alte Schläuche platzen und es brodelt allenthalben von der Wucht des seinsbegeisternden Elans, den Ich ins Lange und ins Breite treibe. Gesteh Mir, dass die glitzernden Bordüren Meiner Künste jedes Auge fesseln und mit Ah und Oh quittiert und ausgerufen werden. Ich Bin Mir selber das Idol der guten Zeiten, die Ich Mich nicht scheue vollumfänglich zu geniessen als der wahre Lukas, den's zu schlagen gilt in Meiner Welt der Kapriolen und verspielten Lustbarkeiten. Gold gewinnt, was Meine Füsse blitzschnell und gewandt zum Ziele tragen. Ein markdurchdringendes Geheul des Sieges stimm Ich an im Angesicht der strahlenden Erfolge, die Ich impulsiv und tatenfroh vom Zaun gerissen habe.

Schleckereien sind Mir nicht geheuer, weil sie Mir die grosse, ganze, königliche Mahlzeit konkurrieren. So seh Ich ab von kleinlichem Gedusel und erkenne Mich als der, dem all so viele Würfe fabelhaft gelungen sind. Zum Preisesammeln tret Ich ohne jede Skrupel an und gleiche aus und überhole, was Mir in die Quere kommt im eleganten Vorwärtsdrängen. Begreifst du, dass Ich gar nicht anders kann, als Mich zu profilieren und Erfolge aufzuhäufen in den Seinssequenzen, die Ich harmonienträchtig intoniere.

Lass es gut sein, wenn die Erde vom Getrappel Meiner Hufe bebt und wenn das linde Säuseln Meiner Winde sie voll Zärtlichkeit liebkost in seinsverlorenem Beglücken aller Dinge, die Ich ausgesandt und in sich selber eingemittet habe.

4.22
Was willst du besseres, als Seinsgeschichte schreiben in grossen, wundervoll geformten Lettern vor dich hin, derweil es auch für dich vonnöten ist, nicht immer gleich zu bleiben, doch Vortrefflichs zu erreichen im Allhier.

Du bist Mir noch ein rechter Knecht in samtsanftem Ungenügen, der sich erdreistet, schlecht und recht über seines Wesens Kräfte zu verfügen. Wie schau Ich da Mein Abbild an, als ein gar selbstgefällig Wesen, das im Grund nichts leisten kann, Meiner Hoheit ganz erlesen. So sei du dir bewusst von dem, was wahrhaft in dir waltet und was, erstrebend Auferstehn, die Schicksalsfäden haltet. Erlebe, dass Ich Bin in deinen Seelengründen und dein Seiens wunderbarer Sinn wird sonnenklar in Glanz und Glorie münden, in vollendetem Gewinn.

5

Richter Bin Ich über deine Taten

5.1
Richter Bin Ich über deine Taten, Feldmarschall der ewigen Begier, die Lebensschlachten zu gewinnen, die Ich Mir in so viel Einzelkämpfern auferleg. Das Freisein, das Ich Mir in ihrem Sinn gewähre, ist ein hochbrisantes Risiko, das auch Versagen in sich birgt, das Ich ertragen muss mit allen Konsequenzen und Erschütterungen, Weh um Weh.
  Leitwolf Bin Ich Meiner Herde, Treiber, Züchtiger, Liebkoser und Ernährer liebevollen Herzens mit väterlich gestimmtem Ritual. Den Bogen der Barmherzigkeit errichte Ich von Mir zu allen Wesen Meiner Huld und lasse die in Schuld Gefallenen nicht fahren. Aufbruch Bin Ich und Befruchtung mit Ideen, die die Weltenwege wahrhaft weiterbringen. Atme tief und unablässig Meiner Weisheit Hauch hinein in dein Gewissen und erbaue dich an ihm bis zur Vollendung deiner Züge.
  Mach auf die Herzenstür und lass des Lächelns Licht von Mir zu dir hinüberfliessen. Gewinne so der Freude Klang in deinen Fibern und erwarte wunderbare Hilfe aus den Höhn. Dann wird der Glanz der Seligkeit dich überfluten, und voll Sanftmut wird die Lösung aller deiner Rätselhaftigkeiten vor dir stehn. Du Bist und bist gesegnet von der Zeitenfülle und vom Innewohnen, das Ich dir von Mir gewähr. Traulich und beschaulich lässt sich alles in dir an im Seinsvertrauen und in Meiner Güte strahlendem Willkommen.

5.2
Die Ordnungen der Welt sind Meines Flutens Strategie im Unergründlichen. Ich sehe zu, dass sie nicht wanken und vollends gesichert sind auf dem Plateau, das Ich für ihren Fortschritt vorgegeben. Alle Fäden des Geschicks der Myriaden laufen da

zusammen, wo die Himmelskräfte Meiner Provenienz die Stelle ihres Wirkens aufgerichtet haben. Sonnen sind es, Kraft des Strahlens, die vom nächtigen Firmament ihr Wesens Licht ins Allräumliche verstrahlen. Jeder hat sie längst gesehn und keiner weiss, was sie bedeuten von den wissenschaftlich treu Geschulten, die in ihrem blinden Eifer das so Wesentliche schlichtweg übersehn.

Hielten sie doch inne und bewunderten in reiner Herzensgüte, was ihnen da geheimnisvoll entgegen-leuchtet. Es würde ihnen dämmern in dem Seelensein und eine namenlose Ehrfurcht würde sie ergreifen vor dem Unfassbaren, das gerade unsrer Welt, wie allen anderen Lebendigkeit und Charme verleiht in wundervollen Zügen.

In einer Symphonie von Farben, Tönen und Gestaltungen sind die Erhabenen am Werk der tausend Variationen und vergeben sich in liebevoller Offenheit an sie. So ist Gemeinsamkeit gegeben und so erfüllt sich Meines Schöpferwortes sagenhafter Klang im tatenfreudigen Vollbringen, dessen Ich Mich zeihe, freudevoll, wahrhaftig und gediegen.

Alles was das lebt und Ist beruht schlussends auf Meinem unermesslichen Rumoren. Alles Zärtliche erklärt sich aus dem Hauch der Zartheit, der im Lichte liegt, in dem Ich all so geistvoll, weise und erhaben Meinen Seinsideen Wirklichkeit verleihe.

Lieb und leise flüstre Ich der Seelenwelt „erwache" zu und gewähre ihr Vernunft, Empfindung, Wille und Lebendigkeit, damit sie mählich sich aus ihrem Dämmerschlaf erhebe und der lichten Wahrheit freudevoll entgegenstrebt.

Triumph der göttlichen Behutsamkeit und Stärke will Ich nennen, was die Lande der Verheissung überströmt, und Gerechtigkeit am Leben, was in

Meinem Wirken liegt so machtvoll, fein, vermögend und berückend schön.

5.3
Sieh das Lächeln Gottes dir entgegen und fühle dich in ihm daheim; bedenke, dass dein ganzes Menschenleben sich erfüllt in Seinem wunderbaren Sein. Erheb den Blick zu Seiner Güte Strahlen; mach auf für Ihn die Herzenstür und weide dich in deinen Lebenstalen an dem, was Er dir schenkt dafür. Es ist der Sitte wohl- gelungnes Walten, das dich in Seine Bahnen führt, und dich in unaufhörlichem Erhalten zu Seiner Freudenfülle führt.

5.4
Eins und alles ist Mein Gluten, eine Seinsparade ohnegleichen, die Mir selbst unzweifelhaft am Herzen liegt. Es steht und fällt Mein Über-Mich-Verfügen mit der Qualität, die das von Mir Berufene entfaltet in des Hierseins herbem Gladiatorenspiel.
 Was immer in Mir zögert, zieht am falschen Ende und hemmt den weiten, breiten Strom der Evolution, dem Ich Verbindlichkeit und Klang und Sang und Siegesfahrt anheimgegeben. Lasse los und Ich versich're dir, dich unbemerkt und seinsgewiss zu führen, dass du dein Ziel und Amen nimmermehr verfehlst. Nichts ist sicherer, als was in Mir und Meinem Namen wunderbarerweis geschieht, der Weisheit und Erhabenheit beizeiten einen Kranz zu winden und dem unerhört Beständigen und Akkuraten Vorschub und Gewissenhaftigkeit zu leisten.
 Ich gewinne jeden Einsatz, weil Ich selbst in Mir bestimme, welcher Weis' die Kugel rollt und wo sie

innehalten soll im wählerischen Sich-Verspielen. Trau, schau, wem will Ich hier sagen, und jeder kann ermessen, welche Seins-Erfüllung darin liegt, dass Ich die Hebel in Bewegung setze und die Taube auf dem Dach ins Auge fasse, als das höchst Erstrebenswerte, das es zu erreichen gilt im grandiosen Lebenssputen.

Komm in Mein Schloss, Mein Leben, dräng Ich dich geliebter Gast zum grossen Mahl, das Ich der Welt bereite, gnadenvoll, begeisternd, traut und wahr. Es winken dir markante Preise auf dem Gabentisch von Meinen nonchalanten Gnaden. Du glaubst den Augen nicht zu trauen, ob der vollen Wucht des nie geschauten Form- und Farbenspiels, das Ich dir ellenlang entbiete. Mit was immer du dich schmücken willst, es ist aus freiem Herzen dir von Mir gegeben als ein Brautgeschenk von reiner Süsse und von einer Edelmütigkeit, die alles in den Schatten stellt, was sich galant gebärdet und dabei des Lächelns schöne Übereinkunft glatt vergeudet im vergeblichen Gebärdenspiel.

„Nur nie verzagen, alles in Mir wagen", ist der Leitvers, den Ich dir mit goldnen Lettern auf den Schild platziere. Meinem Kampfe folgt in jedem Fall der Sieg, denn Mein ist alles in der Welt Befehl. Lehne dich an Meiner Schulter himmelhohes Überragen und vernimm die Zartheit, die es dir verströmt im inniglichen Seinsgewahren. Lass dir von Mir zu Rate gehn und du gehst ungeschoren und gewissenhaft dem Heil entgegen, als von Mir erfunden und bestätigt, ausgerufen und mit Heiterkeit erfüllt, Bewusstheit, Seinsglückseligkeit in liebevoll befriedetem Erfahren.

5.5

Hoffnung auf Veränderungen in des Weltgewissens Sinnen und Gehaben hält Mich auf der eingeschlagnen Bahn. Drohendes Gewittern muss Ich in des Weltenseins Gestimmtheit legen, um die dösenden Gemüter wachzurütteln und sie zur Besinnung auf das Edle und Vernünftige, Transzendente, Gütige und Geisterfüllte hinzuweisen. Die Gerechten ihrer Tage führe Ich zur Selbsterkenntnis hin, die in eine Seelenwohlfahrt sondergleichen mündet, aller Würde und Erlauchtheit angemessen, die von Mir in ihnen brandet und ihr Menschensein auf's Trefflichste belebt.

Alles Übelwollen und Gefährden ihrer Werte fällt von ihnen ab, wie Spreu vom Wind hinweggetragen, wenn sie sich auf Mich besinnen in des Weltgescheh'ns Durchtriebenheit und mannigfaltigem Entarten. Mein Gerechtsein und Gefühl für Seinsproportion und Sitte machen alles gut, was sich der Schlendrian erlaubte und veredeln das Geschlecht der Spiesser, Taugenichtse und Geniesser in dem Mass, in dem sie auf des Seinserfüllens Pünktlichkeit gestossen werden.

Du lächelst in den Ernst, den Ich entfalte, still hinein und weisst noch nicht, dass Ich es Bin, der sich in dir Entfaltung und Gewissenhaftigkeit erringt, durch Zeiten und Gelegenheiten, Machbarkeiten und Äonen immer klareren und seinsbewussteren Gehabens in der Vielfalt Meiner Wesenszüge. Ich Bin in dir, um Meinem Sein ein neu geschaffenes Partikel beizufügen, das allmählich Form, Gemeinschaftssinn, geballte Leuchtkraft, Tugend und Erhabenheit gewinnt, indem es sich in Meinem Sinne profiliert und an die Stelle des Verzagens, Götterherrlichkeit und Seinserfülltheit setzt, in wunderbar harmonischem Genügen.

Ich bilde Mich, indem Ich Bilder der Gewandtheit, Traulichkeit und Minne Gottes vor Mich setze, jugendfrisch und ewig heiter und gelassen in der Morgenröte Meines endlichen Erblühns zur geisterfüllten Einheit allen Werdens und Gewaltens, Leichtigkeit-Erringens und Gesundens an dem Lichte, das Ich in das Weltensein verstrahle.

Ich mach es wahr, dass sich die Himmlischen voll Zartheit, Liebenswürdigkeit und Grazie zur Erde neigen und Bestimmtheit, Ehrfurcht, Ehre und besonnenes Verrichten in sie legen, damit der Seinsgedanke, der in jeder Schöpfung liegt, dezent verwirklicht wird und Fuss fasst im Gewissen der Begnadeten und den zur Güte und Gewissenhaftigkeit, Geduld, Glaubwürdigkeit und Tugend angehaltenen Gemütern.

So fügt sich alles in ein Weltenspiel von Mustergültigkeit und überbordender Glückseligkeit zusammen, denen die da Sind und sich vom Schein gelöst und Meines Seiens Duft und Stärke, Geistesfeuer und Galanterie gewittert haben. Helle und Bewusstheit ist ihr Dasein in den Göttersphären und der Wohllaut ihrer Seinsgeschichte klingt von einem Ende bis zum anderen des kosmischen Bewusstseins, das sie sich errungen und ersungen haben; denn ihr Freisein ist ein einzig Loben Meiner Majestät, ein einzig Lieben und sich freuen an der Herrlichkeit, die Ich verstrahle. Sein vom Sein sind sie geworden in des Himmels Sinn und Gnaden, im Elysium des Benedeiens aller Werte und Errungenschaften, wie im wonnevoll gefiederten und exquisiten In-der-eignen-Glorie-Beruhn.

5.6
Schreib: Die Verwandtschaft mit dem Ewigkeitsgeflüster ist erwiesnermassen das Bezauberndste

und Flotteste, das du in deines Seelenforschens Gang und Tiefen für dein Heil entdecken kannst. Du magst erwägen, was du willst, die satte Antwort auf die nimmermüde Fragerei nach deinen Gründen hier zu sein, kann dir nur in der Innigkeit des Selbsterfahrens schlüssig und bewundernswert erläutert werden. Dankbarkeit, Bescheidenheit und rücksichtsvolles Schweigen werden dich ergreifen im Bewusstsein des All-Grossen, das dir widerfahren ist im Hauch des wahren Lichts, das dich beschienen, wie im überird'schen Kräftespiel, in das du deinen Sinn gezogen.

Meisterdinge werden dir gesagt von unbekannter Seite, wenn du tief gefassten Meditierens vor des Lebensrätsels Lösung stehst und kaum zu atmen wagst, damit sie dir nicht mehr entwische aus dem Seinsbewusstsein, dem du dich anheimgegeben.

Nur du kannst dir erklären, wie geschliffen und verständnisvoll die Hüter deines Schicksals vorgehn müssen, um dir klar zu machen, wo du stehst und gehst und was dein eigentliches Wesen ist im Sturm der Aktionen deiner Wahl.

Begreifst du, dass du Mich erwählen musst, damit Ich dich erwähle, denn ein verschlossner Sinn kann nicht gewaltsam von den Wesen höherer Welten angegangen und zur Einsicht und Gewissenhaftigkeit getrieben werden. So müssen denn gar viele noch im eignen Safte schmoren, bis sie reif und fähig sind, der höheren Weisheit sich in Freiheit zu erschliessen, die sie in eine Geistwelt führt von wunderbarer Schicklichkeit und schieren Dimensionen.

Mit den Götterwesen, die dir doch so nah sind, lässt sich nimmer spassen, denn ihr Handeln und Bewegen ist von höchster Qualität, die sich auf keinen Fall beirren oder biegen oder hintergehen lässt im Spiel der Intentionen, die sie mit der Welt verbunden halten.

So bringe Ich, was gut und besser ist, in Stellung und bewege Meine Pappenheimer sanft und liebevoll dazu, das Treffliche zu suchen und es im Finden anzunehmen, als ihr Heil und ihre Ratio aus hunderttausend Nöten.

Sei gewiss, dass dich die wahre, bare Freude überkommt, wenn du beginnst, die Freundesgaben Meines Seins zum Gegenstand des Lernens und Bewunderns zu erheben in der Werkstatt deines Lebens und im langgedehnten Sinnen über die verflixten, unbekannten Welten, in denen du seit eh und je darinnen stehst. Gelob dem Innern, gut und edel, menschenfreundlich und gerecht zu sein und du wirst staunen, wieviel Tore sich dir öffnen zu Bewusstseinssphären, die dich weiten und dir Ewiges, bedeutungsvoll und zart, auf deiner Wanderschaft zum Lichte als Begleiter und Beschützer generös zur Seite geben. Freue dich am Grossen, das dir so geschieht und achte auf die Zeichen, die dir leise ins Gewissen rauschen, als von Mir gegeben und geführt, gerundet und gezählt und liebevoll für deinen Fall zurechtgeschnitten.

Mein Erbarmen hilft dir, was du sollst, zu meistern und in deinem Werden Höhe zu gewinnen, Glanz und Glorie im Vollenden dessen, was in dir schon der Entfaltung harrt und der Erkenntnis als beglückend, heimatlich und seinsgediegen.

5.7
Selig sind, die reinen Herzens ihres Weges Part erringen. Ich schaue sie bewusst und zärtlich an und leg Mich unter ihr Bescheiden, damit sie ihren Gang zu lichten, fabelhaften Höhn im Siegeslauf vollenden können.

Allbereit und gütig Bin Ich ihrer Kindlichkeit ein Vater des barmherzigen Gewährens soldaneller Seinsverbindlich-keiten, die den so Begabten alle Herrlichkeit des Himmels offenbaren.

Echnaton erklärte sich dem Sonnengötterantlitz allertiefst verbunden und erweckte damit eine Ahnung von der Kraft des lichten Strahlens in des Völkerglaubens Freudenchor. Was er wusste, wissen heut die Edelsten der Geister wieder, die dem Sonnenantlitz wesenhafte Götterherrlichkeit und liebelichte Sorglichkeit bestätigen.

Wie ist der Tag im vollen Glanze der Gewaltigen so schön und wie gesammelt und beständig ist ihr wunderwirkend Kreisen. Ihres Feuerwesens Wohllaut hüllt uns gütig ein und bewirkt ein Raunen der Begeisterung, die Wonne des Erquickens, wie dezentes Wohl in unsern Gliedern. Wir erahnen und eratmen ihres Seins Unendlichkeit und schwingen uns zur gnadenvollen Ansicht auf, sie als beseelt, bewusst und liebelächelnd zu begrüssen.

Die Evolution erzeigt sich als ein Fortgang immer helleren Bewusstseins in den Menschenscharen, die vom wahren Leben und vom Reich der Geisteskräfte was verstehn. Ihnen ist der Christ entstiegen, um in reiner Majestät und Würde unser aller Menschensein zur Seinswahrhaftigkeit und zum Erkennen unsrer Göttlichkeit zu führen.

Die Gelehrten einer neuen Ordnung treten schon hervor in diesen Zeiten und beglücken und beehren unsre Tage mit der Botschaft der Unsterblichkeit der Scharen der Gemüter und mit ihrer Wiederkunft auf Erden unerschöpflich durch Äonen hin. Grandios kann uns die Perspektive wiederholten Erdenseins und Wirkens, Lernens und Begreifens bis ins Innerste berühren, denn es lässt in uns bedeutungsvolles Handeln für das Künftige der Welt erstehn.

5.8
Ich fänd es schicklich, lobesam und ungemein beförderlich, wenn du dein Kabinettstück allsogleich dem Aug der öffentlichen Meinung präsentierst, ohne nach Gesichtsverlust, Blamage oder Wetterwendigkeit zu fragen.
Wunden lecken lehr Ich dich in deinen Wundern nicht von hier. Es trägt sich zu, dass Angriff und Vergeltung spielt, wenn du dich mauserst zum galanten Helden der Gerechtigkeit am Leben; dabei wirst du den Fortschritt, der alleine zählt, mit einem Lächeln für dich buchen. Du machst es so, wie Ich es will, wenn deine Fährten haargenau und unablässig mit den Meinen in die allerfernsten Fernen laufen. Leichterdings wirst du davon erzählen, dass du brüderlich geführt wirst von der ehrenvollen Gilde derer, die an Meinem Geistestische sitzen und sich gehörig von den Speisen einverleiben, die Ich ihren hungerigen Herzens präsentiere. Mählich merkst du, welche Situationen wie gemeistert werden müssen in der Rebellion der rasenden Gefühle und dem Dunst der hochgeschossenen Gedanken, die das Friedenswasser durch die Zwietracht trüben wollen.
Nicht zu früh und nicht zu spät, sollst du in deinen laufenden Affären reagieren. Es schickt sich nicht, im Zorn ein Zimmer zu betreten, das in heiliger Stille brütet und dem Ebenmass der Dinge zugewendet ist in seinem Seins-Idol. Nur wenn du peinlich Rücksicht nimmst auf das, worein du tappst mit der Gedankenschwere, die dir eigen, hast du eine Chance, auch zu reüssieren in der Vielfalt deiner Angelegenheiten. Spässe klopfen nützt nicht viel, wo Ernst am Platze ist, um resolut das Zepter vor dir her zu führen. Gangbar sind die eleganten

Wendungen, die sich auf Mich beziehen und dem Ablauf des Geschehns, Gewandtheit, Tüchtigkeit und Zuversicht des Herzens zugestehn.

Meide, was dich leichterdings in Aufruhr bringen will in deinen Tagen und versehe dich mit lieblichen und wohlgesitteten Gedanken, denen Freude, Mustergültigkeit und Frieden wunderbarerweis entspringt, um dich mit aller Lebenswogenei auf's Beste zu versöhnen.

Treib's nicht zu bunt auf dem, was allgemeiner Schauplatz ist vom Wesen deiner Ambitionen und verlass die Szene, eh dir etwas Ungeschicktes und Verderbliches passiert. Es gilt, mit Feingefühl und Innigkeit auf dem Tablett der tausend Lebenskünste seelenvoll und königlich, galant und siebenselig zu agieren, um Feinde aus dem Feld zu schlagen und Freunde zu gewinnen, hoch und her.

Träufle dir den Spruch ins Herz: Ich darf dem Allerhöchsten an der Seite liegen und von seines Atems Wunderkraft und Güte zehren immerzu. Das macht, dass Meiner Federn buntgefärbtes Seinsgewirke in so märchenhaftem Glanz erstrahlt, dass männiglich davon entzückt ist und sich badet im vergnüglichen Bestaunen.

All dies ist deiner Seele Segensdrang und Wohl. Du gedeihst im Guten, wie im Angeschlagnen prächtig vor den Toren zum endgültigen Erlangen ewigen Besitztums in den Sphären. Jede Geste der Genügsamkeit und Harmonie trägt dich in Meine Seinsgefilde und versieht dich mit Gelassenheit und Ruh, Vertrauen und Verfügbarkeit als Einer, der geschaut hat, was sich ziemt und was des Himmels Perlenglanz verkündet, ihm und aller Welt zum Lächeln und zum exquisiten Wohl.

5.9
Noch viel zu wenig ist das Mehr, das du von Mir in deinem Herzen trägst als Ausdruck Meines Seinsempfindens, Meiner glüh'nden Rechtschaffenheit und Meines sagenhaften Ich-Gefühls. Es weitet sich dein Sinnens Andacht und Gehaben unablässig und geschickt dem, was Ich will, entgegen und erreicht das strahlende Vollenden in bewussten Freudenstössen um sich her.

Enthebst du dich der Dumpfheit des Gewissens, ahnst du die Erwählung zum erleuchteten Geheimnisträger, der den Schatten sich enthoben sieht im Himmelslichte, das ihn mild und seidenweich umflort. Du erkennst die Götterabsicht und des Seins Verlangen, alles wieder gut zu machen, was zerbrochen war und allem seine Krone aufzusetzen im erklärten Königtum der Sphären, das sich rechtens erst als Wirklichkeit bezeichnen kann, wenn du und alle es auch sehn.

Ich münze Meine Sucht nach immerwährender Wahrhaftigkeit auf dich und deinesgleichen, um dir aufzuzeigen, welche Fülle in der Gegenwart des ewig Guten und Allmächtigen vor dir liegt. Es ist ein hehres Unterfangen, so zu werden, dass die Schätze der Unendlichkeit sich dem Beschauer offenbaren und die Herzenssehnsucht stillen, die erbarmungslos das Innesein durchwühlt, bis ihr Gerechtigkeit und Lichtheit widerfährt im seligen Erkennen dessen, was da Ist und dem Gerechten Sicherheit und Seinsgewissheit angedeihen lässt in gütevollen Zügen.

Ich bewähre Mich an dir, will Ich hier sagen und begünstige, was sich die Gunst erwirbt aus Meinen vollen Schalen. Auserlesen bist du, wie das reife Korn im Acker, das der Ernte harrt, um sich den Hungerwütigen auszuteilen und ihr Lebensweh zu heilen, einmal, immer, wunderbar.

Ich unterweise Herzenswohlstand und Entzücken an der Welt der Dinge ebenso, wie am unendlichen Gewissen, das da um dich in den Ätherweiten thront und Lichtheit, Seligkeit und Gottesruhm verbreitet in der Liebessonne warm gefühltem Strahlen.

Ist es für dich so, so bist du in das Sein gerettet offenbar und darfst die Unbeschwertheit und Erhabenheit Elysiens erleben. Das Glück des Seins fällt dir als ein Geschenk des Himmels zu und füllt dein Wesen mit spontan gefühlter Dankbarkeit und unnennbar beseelter, sanft und gnadenvoller Ruh.

5.10
Feierlich und fein gemünzt auf was Ich Mir im Sein gewähre, trag Ich Meinem Sinnen Freudenröslein zu von wunderbarem Duft und liebenswertem Strahlen. Es mengen sich in Meine Ansicht von der gegenwärtigen Betriebsamkeit die Bilder der glückseligsten Momente, denen Ich Erleben und Bewunderung schenken durfte, Trautheit, Zärtlichkeit und Liebenswürdigkeit in so getragnem Mass, dass Meiner Seele sanft gewordenes Vibrieren sich in einer Wonne ohnegleichen ganz verlor und sich das ewige Verweilen wünschte in dem seinsglückseligen Ereignen, das ihr so berückend und bestimmt geschah.

Es ist so leicht von dem zu reden, was das Herz zu höher angesetztem Lebensstoss bewegt, denn dem Erinnern an die freudevollen Szenen folgt ein sonderlicher Wohlklang im Gemüt und es gefällt sich im Beschauen und Erleben vieler, ausserordentlich dezenter Herrlichkeiten, die das Herz erfüllten und den Sinn begeisterten in wunderbar bewegter Weise, hoch und her.

Was sich so ergab, ergibt sich nimmer wieder in derselben Art des Fabulierens und der schönen

Künste, die ihm innewohnten. Neuerrung'nes muss geschehn, um wieder reines Glück und lächelndes Beseelen auf ein liebes Angesicht zu zaubern. Selten kostbar und geheimnisvoll sind jene wunderwirkenden Momente, in denen sich das Leben zur vollendeten Geselligkeit gestaltet und zur all so reinen Schau auf was es bieten kann, im weidenzarten Aneinanderlehnen oder in der Fröhlichkeit, die ein gemeinsam hingebettetes Erleben zeitigt in der Liebesruh.

Wachheit allem Schönen gegenüber soll es sein, was das Gemüt beschäftigt in den Stunden ausserordentlichen Wohls und fabelhafter Stimmigkeit der Kapriolen, die das Leben sich erdenkt und die ihm Innigkeit und Würze geben. Hall und Widerhall befeuern es zu immer neu gesetzten meisterlichen Taten und erfüllen es mit Glanz und Glorie im Klingen der Begeisterung, die es zum wahren Sein erlöste.

Nimm es hin als eine Gabe der so reich begabten, göttlichen Natur, die in dir ihres Wirkens Werk vollbringt in wundervollen Lebenstagen.

Leuchte du dir heim mit deinen allerbesten Zügen des befeuernden Elans und sage Dank, wie sich's gebührt, dem Hohen, Heiligen, das seinen Thron verwaltet und gestaltet auserlesen, siegessicher, heiter, überlegen, warm und innig, wie in allen, so in dir.

5.11
Aufwärts fliessen alle Meine Lebensströme in der Benedeiung Meiner Züge. Weiter springt noch jeder fahrende Geselle, als er je vordem gesprungen, wenn er Meinen Gründen sich vertraut hat in der Alchemie der guten Taten, die dich weit von deinem Ziele zu dem Meinen führen.

Wie verhältst du dich, wenn nichts mehr so verläuft in deinem Dich-Begründen, wie es doch dein festgefügter Wille war. Statt dich vor dem Schicksal aufzubäumen, solltest du vertrauensvoll den Weg der Einfalt und des Seinsgehorchens gehn, wie er in dir von Mir begonnen und gesponnen, auserwählt und angenommen wird, um dein Innesein zur wahren Einsicht und zum Glück des Freiseins hinzuführen.

Redlichkeit des Herzens und Enthaltsamkeit von lasterhaften Dingen sei dein Lebensstil. Zunehmend wirst du über deine Friedefertigkeit und Unbesorgtheit staunen, die dir Seinsgefährten sind und weiterführende Kumpanen auf der grandiosen Pilgerschaft von Meinen Gnaden, die kein Ende kennt und keine Wohnstatt ausser Mir.

So gleicht sich alles Meinem Sosein und der Schnellkraft Meiner Stärke an und baut sich auf im Rhythmus Meines Mich-Erbauens in der Welt Gefüge und Begünstigung, im Raum der Zeit, wie in den Sphären der All-Herrlichkeit, die Meines Seiens Anhang und Vollenden sind, unwiderstehlich, richterlich und seinsgelassen, wonnevoll und wunderbar.

Wie Bin Ich doch der Tabernakel Meiner selbst in deinen Gründen, Bin deines Seins unendliches Erheben und Beleben, sonnenklar. Es erweist sich als gesagt und unerhörterweis getan, was Meine Absicht ist in Welt und Würde Meiner selbst, in abergrossen Zügen. Mein Gelingen tönt wie Märchenklang durch die Äonen grandiosen Weltenschicksals, das Ich taufrisch generiere. Mein Befinden nährt sich vom Mich-Finden in der Unermesslichkeit der Sternenbahnen, in denen Mein Bewusstsein seit Urzeiten sich Gedanken bildet und die Schwünge auslebt, denen Ich Gestalt und Glorie verleihe, väterlich und liebevoll, überschauend, seinsloyal und wahr.

5.12
Firmament der Höhn in Meiner Kraft des Intonierens neuer Wirklichkeiten, als aus einer Phantasie gediehen von Geschmeidigkeit, Bewusstheit, Hingegebenheit und lächelndem Mich-selbst-Erlösen. Ich finde Mich in ätherleichtem Mich-Verkreisen wieder, das in der Leichtigkeit, Begeisterung und Würde wahren Freiseins liebevoll agiert und sich mit Lebensmut, Selbstsicherheit und inniger Stärke als der Tatenfreudigkeit gewachsen sieht, die Ich so sehr und wirklich auch betreibe.

Mein Heil liegt in der Unbekümmertheit und Kraft begründet, mit der Ich schalten kann und walten, wie Ich will und ohne die geringste Sorge um Misslingen, Hässlichkeit, Zerwürfnis und Verzug. Es ist in Mir das Seinsvollendete vom Anfang bis zum gloriosen Ende programmiert, und was Ich immer schaffe, glänzt und strahlt den Nimbus der Geschicklichkeit und Klarheit Meiner Diktion beständig ins Allräumliche wieder. Räume schaffen und mit märchenhafter Formgewalt durchsetzen, ist Mein seinsgerundet und erhaben Spiel, das Meinem Drang zur Innovation entspricht und laufend, dauernd und gezielt zum Zuge kommt in Meiner Absicht, Meinen Standpunkt zu erklären und Mich Myriadenfach in Heiterkeit und Wohlgesinntheit zu bewähren.

Steh Ich hinter Meinem Selbstgefühl, bewahre Ich die Einheit Meiner Seins-Natur vorbildlich und gesetzestreu als eine Wucht des Überlegens sondergleichen und ein überragendes Geflüster, das die Keime schafft für neue Wirklichkeiten und

Besonderheiten in der Schöpfertage Licht und Wehn.

Es geziemt sich zu betonen, dass Geruhsamkeit und Stärke sich in Mir auf's allerbeste paaren und weder Hektik, Ungeduld noch fauler Friede Haltung fassen können in den Weiten Meiner Seins-Philosophie, die sich als transzendent und unbestechlich, argumentgespickt und wirkungsvoll erweist in der Allgründlichkeit, die Mir seit Urbeginn im Bilde Meiner selbst zu eigen.

Harmonie und Fruchtbarkeit und Wärme sind die Heimstatt Meiner Güte des Bestehns und überragen, was Ich Bin in wunderbarem Einklang mit der Vehemenz, mit der Ich alles, was Ich schaffen will, vertrete.

Ich liebe das Vernünftige und meide allzu kühne Kapriolen, damit nichts aus dem Gleichgewicht gerät, was Ich kreiere und Meine schonungslose Offenheit durch niemand angezweifelt werden kann als ungeschickt und übertrieben.

Nun denn, es trifft sich gut, dass eine Zeit ist, um zu reden und eine, um ins Schweigen zu versinken, dass dem Aufwall auch das Sich-Befrieden folgen sollte, sinngemäss in wunderbar geniesserischer Ruh. Derweil Ich firm und sicher stehe und Unendlichkeit eratme, fallen Mir die Sterne zu und fällt der Kosmos Meiner Phantasie in sich zusammen, um der Leere ihren Platz und ihre Unbescholtenheit zurückzugeben. Ich resigniere vor Mir selber und bewahre Meine Kunst des Nichts-und-Niemand-Seins als das erschütterndste Geheimnis Meiner selbst, voll Inbrunst und Gewissenhaftigkeit im Unnennbaren.

5.13

Hab Ich Mich gewöhnt an dieses Blauen, sagt das andere Mir nicht mehr zu und Ich wese ritterlich und fröhlich in der Vollkraft sagenhafter Sphären. Unbedingt auf was Ich Bin gemünzt ist alles, was Ich als im Sein der Herrlichkeiten in Mir spüre. Tabernakel Meiner selbst, entfalte Ich aus Mir der Reinheit Flügel und erwecke Mir in scintillierender Beschaulichkeit des Freudeseins unendliches Gefühl. Überraschend konstatiere Ich, wie fair und feenhaft sich alles zuträgt, was in Meinem Machtbereich gedieh'n.

Du solltest in dem Land die Fischer sehn, mit welcher Ahnungslosigkeit sie ihre Angel nach den Felchen werfen im belebten See. Mich betrifft's, was sie da tun, und Mein Gesellentum mit allem was da Ist, wird angetastet und zerschlagen ohne Scham. Heilig ist das Leben der Geschöpfe, will Ich damit sagen. Es geziemt dem Menschen, sich von Pflanzen zu ernähren: Ich verkünde und gebiete es.

Heil der Einsicht in der Menschenwogenei, dass selbst die Haare auf dem Haupt von Mir gezählt sind in der messerscharf gebündelten Beachtung, die Ich allem, was Ich schaffe, schenke, um die Werte zu erhalten und dem Kreislauf des Natürlichen die Rechte, Harmonie, Geruhsamkeit und Weihe zu gewähren.

Was glaubst du, dass Ich will in der gestalterischen Fülle Meiner Aktionen? Sendung Meiner selbst will Ich bewahren und Bewusstsein schaffen von dem Einbruch Meiner Gnaden in der Wesenswelt Verfügen und Genügen, dumpfem Brüten und Erwachen in die Märchenhaftigkeit des Seins, die allem innewohnt, was Ist und nur in tiefster Meditation zu fassen ist in wunderbarer Einigkeit und Ehrfurcht, seinswahrhaftig, seelenselig, schlicht und schön.

5.14

Ich grüsse dich von Zion aus in makelloser Eintracht mit dem Sternenall und mit der Gunst, die Ich allüberall verbreite. Was Ich erwäge, ist im Sein erwogen; wes' Haupt Ich stähle, stiehlt sich nimmermehr aus Mir davon. Berechtigte des Himmels sind von Mir ein Zeichen der Verbrüderung, mit der Ich noch zu allem steh, bis in den letzten Winkel Meines Seinsgewissens.

Ohne Mich kann nichts bestehen bleiben in den Urkraftweiten Meiner schaffenden Gerechtigkeit am Leben, das Ich Bin, und niemand kann sich selber der Verehrung seiner Werke zeihen, als Ich selbst, inmitten Meiner Wundertaten.

Was denn so kostbar ist, bewegt sich in äonenlanger Wanderschaft durch Meine Sphären der Vernunft, in der von Mir und Meinen Kräften eingesetzten Weise, der Würde zu gefallen, mit der Ich alles übersteh. Gebieterisch und heilsam, treib Ich Meine Blüten in den Urgrund seinsgeschwisterlicher Parität und lasse der Geschöpfe Gegenwart in Mir galant und liebvoll sich verstrahlen.

In Meiner Wahrheit, Meinem Licht und Leben legt sich alles, was da ist zusammen, um das ewig unvergleichlich feierliche Fest des Seins zu feiern, das im Oben, wie im Unten gleichen Sinns Gedeihen in sich trägt und sich der Gnade beugen muss, die ihm von dem All-Herrlichen im Liebesbund der Götter unverbrüchlich mit auf seine kosmische Verzauberung gegeben.

So mach Ich alles wahr, was in Mir wesen will und spriessen. So taufe Ich Mein Sein mit Gleichmut, Absicht und Verlangen und gewähre ihm das Unvergleichliche, das aus Glückseligkeit und Wonnesein entspringt und wieder zu ihm flutet als geheiligt und gestählt, befördert und bewiesen und vom Hauch der Zärtlichkeit umfangen, die Mein Alpha ist und Amen im unendlich weitgedehnten, lichterfüllten, alles überstrahlenden Bewusstseinsmeer.

5.15
Hier walte du, denn Meines Waltens Abergründigkeit ist nicht von der von dir gewünschten Dauer und befremdet dich in seinen masslos überrissnen Kräftezügen. Heiterkeit des Herzens und gedieg'nes Aneinanderreihen glücklichmachender Gedanken sind von Mir. Völliges Befreitsein von Besorgnis, Minderwertigkeit und Wehmut lässt den Frohsinn aufblühn auf der farbenprächtigen Palette Meiner Züge. Gesegnet Bin Ich von dem Wissen, dass Mein Allgefühl untrüglich ist das Wahre, Wirkliche an Mir und dass Ich nie und nimmermehr ins Unbewusste abzugleiten brauche, weil das strahlend Heile, Helle siebenfältig überwiegt im Seelensein, dem Ich bewusst und gläubig Mich dahingegeben.

Ich weiss, es flüstern Mir die Sternenregionen aberweisen Gleichmut zu in ihrer Attitüde ewiger Glückseligkeit, von der die Wesen, die in ihnen sind und walten unaufhörlich zehren.

Was Ich da erreiche, ist die Stufe der Unendlichkeit in Meines Daseins überragender Gebärde, ist das Feingefühl der Zärtlichkeit an sich, in der das Sein sich wiegt und die es zu den Wesen wendet, die ihm wunderbarerweis anheimgegeben. Ich lächle ob des Schicksals Güte, die Mir solchen Glanz und solches Glück beschert, denn die Bereinigung der Lebensszene solcherart ist eine Sache des begeisternden Elans, der jenen zugehört, die sich von jeglicher Verstrickung losgelöst und in die Sphären reinen Wohlgefühls am Sein erhoben haben.

Geschwind, geschwind, nehm Ich das so Gelinde freudestrahlend an und danke es dem Götterparadies, in das Ich feierlich und freudestrahlend eingezogen. Wer wollte Mir noch nehmen, was sich ins empfängliche Gemüt unwiderruflich eingeschrieben? Wie wollt' Ich Zweifel an dem üben, was sich Mir in wunderbarer Einfachheit und Offenheit erschlossen hat in Sphären reiner Harmonie, unendlicher Behutsamkeit des Seinsempfindens und bewussten Aneinanderreihens trefflicher Gedanken, die sich in der Gemeinschaft mit den grössten Geistern schön und schicklich, graziös und gütig, heiter, gnadenvoll, manierlich und bewundernswert gebildet haben.

Was ist die Tugend, wenn nicht das Bewusstsein von der absoluten Reinheit allen Götterseins im Ewigen, in das die Lieblinge der Engelsphären im Erkennen ihrer selbst voll Seligkeit entschweben. Gehorsam bis zum Letzten werden ihnen Gnaden und Begünstigungen noch und noch zuteil, die sie in eine Wunderwelt des Friedens und der makellosen Unbeschwertheit heben. Glanz vom Glanze, Licht vom Lichte dürfen sie hier sein und dürfen sich dem Phönix aus der Asche gleich als in die wahre Wirklichkeit Erstandene erfühlen.

Nun denn, es lebe das Behütetsein in der unendlichen Gefälligkeit, die sich galant und siegessicher durch die Raumesweiten zieht. Es lebe das Gerechtsein am Erbaulichen, das sich in alle Himmel hebt in Seinsmanier und seelenseligem Erreichen. Aufbruch in die Stimmung der vollendeten Genügsamkeit am Sein ist es und gütestrahlendes Verschenken seiner selbst in der Gebärde zärtlich hingegebnen Seinsumfangens.

5.16
Reflexion über das Sein ist zu nennen, was dein Herz wie nichts bewegt und was sich im begeisternden Erkennen behutsam vor die Anmut deiner Seele legt. Als Benedeiter will Ich dich belehren in einer Schau von wunderbarem Wehn und will dich mit Glückseligkeit beehren, von dem was unvermittelt deine Seelenaugen sehn. Es sei, dass dein Erkennen dich behüte vor dem Verlorensein in einer Weltentändelei und dir das Dasein wunderbarerweis vergüte, indem es Meinem ganz anheimgegeben sei. Wie einfach hört sich alles an, was Ich dir leis und innig in die Seele sage und was dir dennoch so verwirrend werden kann.

Alles, was wir angezettelt haben, holt uns auch beizeiten wieder ein, um zu verfluchen oder uns zu laben in unserm vielverzweigten Menschensein. Wir brechen aus und kehren reuig wieder, zu unrer Heimat hehrem Haus; und was uns prägte, hebt mit luftigem Gefieder, uns über alle Höh'n hinaus, damit wir endlich im Entschwinden, in des Seins bedeutungsvollem Wehn, uns in des Liebelichts Umfangen finden, im glückerfüllten Wiedersehn.

5.17
Gehorsam bis zum Tod, du liebevoller Überwinder, Christus Jesus, Sakrament der Treue, des Vergebens und des Ernsts des Lebens. Gewaltlos, herzensgut, all-menschlich und allgöttlich trägst du der Vernichtung Krone, namenloses Leid und penetranten Schmerzes Unnachgiebigkeit im Zoll, den du bezahlst, um für die Menschheit Auferstehung aus dem Grab der Erdenstarre zu erwirken.

Inneres Vollenden trägst du uns voll Liebe an und weitest unser'n Sinn ins geistig überirdische

Geschehn, dem wir zuinnerst angehören. Kraft und Licht und Liebe dürfen wir von dir erfahren immerzu, weil deine Geistesgegenwart uns führt im Jetzt der Tage zum Bewusstsein der Unsterblichkeit der Seele und des Einsseins mit dem Sein, dem Vater aller Dinge im Allhier.

Leben heisst dein Banner, Wahrheit dein Brevier und Weg die Offenbarung deiner Absicht, uns auf's Allerleiseste und Zärtlichste hinanzuführen.

Dankbarkeit, Verehrung und Gehorsam sei die Antwort, die wir dir gewähren aus des Herzens Gral, und Mensch und Seinsumfangen unser wunderbar gesegnetes Vollbringen, tapfer, licht und ewig wahr.

5.18
Ob etwas spannend oder seicht, verheerend oder wahrhaft gütig war, vermag nur Ich zu sagen, als die Erste und die Letzte der Instanzen, die mit den Geheimnissen der Erde und des Himmels so vertraut sind, wie niemand sonst im All-Gefüge. Bei allem, was geschieht, kommt es besonders auf die Langzeitwirkung an, die sich in Stoss und Gegenstoss entlädt zu abervielen Malen, bis die Kraft des Ursprungs aufgebraucht, versickert oder unbrauchbar geworden ist im langen Drängen und Gewalten, Rollen, Grollen, Glitzern, Flittern, Pochen, Unterjochen, Sinken, Säuseln und Vergehn.

Brachialgewalt muss sich in Mir allmählich bis zu einem Hauch von Zärtlichkeit verjüngen; urgewaltiges Tosen wird zum Lispeln und zum Geisteswehn im tiefsten Grunde der Geschichte, bis sie wieder in sich selber ruht, allwie die spiegelglatte See in Seinsglückseligkeit und Frieden.

Was ist ein Blick aus Strahlenaugen anderes, als eine Geste Meines majestätischen Gehabens im Gewind der Zeit und in der Absicht, Wirkung gegen

Wirkung, Emotion und bestenfalls ein Liebelächeln zu erzeugen, das in Anmut, Grazie und Herzensgüte auf dem Antlitz einer Schönen wieder untergeht. Ich habe nie gelernt, Mich zu verhaspeln, weil das reine Sein an Klarheit, Transparenz, Erhabenheit und Heilkraft nichts zu wünschen übrig lässt im edelmütigen Freistilringen, das Ich in Mir inszeniere. Willfahr' Ich einer Bitte, wird sie erst geprüft auf Herz und Nieren, auf Geläufigkeit im Guten und Genügsamkeit im Dschungel der Gesetze, die Ich Mir zum ewigen Wohl gegeben, das Mein Aufgap ist und Mein beseligend gefärbtes Allversinken im bewusst gehaltnen Götterstil.

Ich überlebe in Mir ohne mit Gewalt nach einem Ufersaum zu rudern, weil Ich immer schon dort angekommen Bin, wo alles seine Mitte hat und seinen Horizont in einem grossen Einssein aller Dinge im Allhier. Ich schweige vor Mir selber, weil Ich ewig glücklich Bin in dem, was Ich Mir zugemutet habe und erschweige Mir den Odem der Glückseligkeit als in den Himmeln Meiner Güte und Gerechtigkeit im Weben, Segnen, Lieben, Gunstbezeugen und tiefinnigen Verstehn.

Es ist der Glanz der Seinsideen, der schlussendlich allem überlegen ist und der in der subtilsten Wirklichkeit, die Ist, die allerfeinsten Regungen erzielt von Zärtlichkeit und Anmut des Gelingens, von Gelöstheit aller Rätsel, wie von Liebenswürdigkeit an sich, in der die Seinsgeschichten enden und die Wonne des Beschauens seinen Anfang nimmt in der Verklärtheit Meiner selbst und Meines selbstbewussten, majestätischen Errötens.

5.19
Bekanntes schliesst sich Unbekanntem an in Meinem seinsdurchschimmerten Betriebe. Beweise brauchen die, die noch im Trüben fischen und das Wahrhaftige in ihrem Sein nicht sehn. Kommst du von den Alpen, musst du auch zu ihnen wieder steigen. Nun kannst du manchmal kommen, manchmal nicht. Manchmal bist du benommen, manchmal ist es Licht in deinem Lebensgedicht. Es stellt sich etwas quer, was du nicht weisst zu deuten, dann fällt es dir auch schwer, dein Wesensbild zu häuten und als ein Anderer hervorzugehn aus Zweifel, Trug und Nöten und dich im Gotteslicht zu sehn in wunderbaren Morgenröten.

Gewaltiger des Himmels darfst du dich zuzeiten nennen, wenn dir die Lichter des Verstands unsäglich helle ins Gewissen brennen. Dann bist du auch Gesegneter des Lands, das als Vollendetes vor deinem Sinnen steht und das der Wind der Sanftmut träum'risch überweht, die Herzensträhnen trocknend und alle Lieblichkeit erzeugend dem, der sich in der Gewissheit seines Rauschens wiegt.

I
Ich Bin in dir Mein eigen Teil im Weltmanöver, Bin der Ich Bin im Weltgezeter und Geschrei in unermesslichem Mir-selbst-Genügen. Ich trag den Stab der Ruh in Meinen Händen, verbreite, wo Ich immer Bin, die Kunst der Ehrenhaftigkeit gezielt und froh und ohne jemals Mich zu wenden. Ich giesse Wasser auf die Mühlen derer, die Mein Kraften suchen und treibe alles wohlbesonnen an, als Einer, der so prächtig segnen, wie unbedingt verfluchen kann. Das Unschätzbare giess Ich in des Weltalls Wunden und verweile Mich dabei, was immer

Manifest ist, zu Gesunden in der gewaltig losgelösten Weltenwogenei.
Was Ich bestimme, stimmt in allen Landen, was Ich erhebe, hebt sich sternengleich hinan und wenn Ich donnernd in Mir selbst erbebe, ist es ein Neubeginn, den Ich für Mich in unerhörter Konsequenz gewann. Ich hüte, was Ich Bin, mit Sperberaugen, an jeder Stelle Meiner Seinsmanier und trete sicher auf noch im gefährlichsten Gefälle, um Meine Bruderschaft mit Dehnbarkeit, Kontur, Katharsis und Gekonntheit zu versehn. Gesagt, getan, um aus der Wurzel auszupressen, was an arom'schen Säften sie enthält und was Ich selbstbewusst und selbstvergessen verbuchstabiere, wie es immer Mir gefällt. Wo ist die Liebe Mir geblieben? Sie blieb im Herzen ungestillt, bis Ich Mich darein hab verstiegen, sie allweit zu verschenken wundermild.

5.201
Ist es Mir gegeben, deines Wesens Stätte aufzusuchen, komme Ich und komme bald, um Übereinkunft herzustellen zwischen deinem Seinsbewusstsein und dem Meinen. Meiner Herzensliebe Feuer ist wie eh und je ein ewiges Kontinuum, das sich an deinem nährt, wie an dem Wunsch dir nah zu sein in wunderbar geheimnisvollen Zügen.

6

Die Praxis für Mein Volk

6.1

Die Praxis für Mein Volk ist seine unbedingte Treue zur Gewissheit der Allherrlichkeit der Sphären. Ich breite aus Mein Sein zum West, zum Nord, zum Süd, zum Ost, um alle, alle zu verklären. Bin Ich, so Bin Ich dir ein Gegenstand des unermesslichen Bewunderns Meiner Siegestaten. Geschwind, geschwind, verkünde Ich und trete Ich noch einmal als der Herr der Ringe vor Mich selber hin. Nach den Sternen lange Ich und seh Mich ihrer Liebe sicher. Mein Sein betrachtend, wese Ich im Gloriosen einer immerwährenden Beglückung Meiner selbst in tatenfroher Seinsmanier, wie in des strahlenden Gewissens Eigenart von Kraft und Minne, Mustergültigkeit und seelenseligem Erlösen.

Mit Mir selbst im Reinen, überfahre Ich die Himmel Meiner Freundlichkeit und tränke sie behutsam mit dem zärtlich hingehauchten Atem Meiner Güte, Mich verlassend auf Mein ewig siegewohntes Seinsidol.

6.2

Stark, so stark erleb Ich Mich in Meinem Ich in dir und will dir was von Mir erzählen. Eine auserlesne Weihe ist's, im Sein zu stehn und in der Herrlichkeit der Sphären. Was Ich überwalte, ist ein Angebind von majestätischer Geruhsamkeit und Stärke, in die Ich Mich verfangen habe.

Ich webe und liebkose - und Tausende beginnen in Mir auch zu weben. Ich erschüttere, was Ich Mir Bin - und all die Meinen trifft Erschütterung des Herzenswohls. Gehörst du auch zu jenen, die im Leib voll Sehnsucht nach dem Unerhörten langen?

6.3

Dem Selbst verschworen, wachst du auf aus einer Mitternacht von Täuschungen und Variationen einer gründlichen Verführung ins Gedankendenken von der erdgebundnen Art, und in der Wachheit wahrer Seinsvernunft erkennst du dich als wunderbarerweis herausgehoben aus dem Meer von Weltennöten, in denen du soeben noch auf's Jämmerlichste zu ertrinken drohtest.

Namenlos erhaben siehst du dich auf's Mal ins wahre Sein erhoben und in ihm bestätigt durch dich selbst als in der Werkgemeinschaft der Verklärten und bewussten Wesensglieder des Unendlichen, dem alles angehört in einem Einssein ohnegleichen und in einer Mustergültigkeit von überragenden Dimensionen.

Du weisest jedes Furchtgefühl zurück von wannen es gekommen und siehst dich unerbittlich in den Ernst der Evolution gezogen, der alles mit sich in die Höhen reisst des göttlichen Genügens an sich selbst und an den Daseins Wundern, die ihm eigen. Zweifellos ist das die schönste Blüte allen Strebens nach Vollendung und Wahrhaftigkeit, nach Tugend und Gerechtigkeit im Leben. „Es hat das Sein sich Mir ins Blut geprägt", wirst du begeistert von dir sagen und „in ihm singt Mir die Amsel der Holdseligkeit ihr ewig süsses Lied". Ich buchstabiere Werte vor Mich hin, die sind in keinem noch so reich geschmückten Folianten reiner Menschenwissenschaftlichkeit verzeichnet. Mein einziger Rat ist der von Himmels Glut und Gnaden, ist geschärft und wahrgehalten von der Schar der Himmelsgeister, die der Menschheit Führung sind und Labsal, Tröstung und Ertüchtigung in ihrem Langen nach den Sternen und den überirdischen Gewalten und Gestalten, die frank und frei und froh und selbstbewusst in ihnen Wohnsitz und Quartier bezogen haben.

Du spielst dein Spiel mit hohem Einsatz und gewinnst von Mal zu Mal, was du dir zu gewinnen vorgenommen. Es ist die Redlichkeit des Seins, die dich beseelt und dir fortan ein treu und tüchtiger Gefährte ist auf der so segensreich gewordnen Lebensbahn.

Du gefällst dir, in des absoluten Schweigens Wohllaut einzutreten und erklärst dich als gewappnet und gelöst, als unerschrocken und im Innersten befriedet in der Seinserkenner frohgemuter Schar. Absichtslos geschniegelt und gebügelt, bist du wohlverwahrt, glückselig und gediegen der Gerechte deiner Tage und verströmst dein Sein an alle, die es sehnlich suchen. Du gewinnst, indem du Tausend andere gewinnen lässt, du wirst erhöht, indem du alle, die dir anvertraut, zum Höheren bewegst. Garben der Geselligkeit verteilst du frischen Muts und strahlst das Glück der Unbeschwertheit seelenkräftig wieder. Gloria in excelsis Deo, singt dein Herz - und alle Himmelscharen singen es mit dir im Chor der Millionen, die ihr Sein erkannt und ausgewertet haben, Hossiana, Amen, Halleluja, in göttlicher Manier.

6.4
Spürst du den Morgen- wie den Abendhauch in eins zusammenfliessen, wo du dir Bist das Erste und das Letzte auch - in überragendem Geniessen? Es legen sich Gewalt und Zorn zu einem Wesensbund zusammen, gar schlicht und zart und wohlgebor'n in Meinem hocherhabnen Namen. Da läuft dann rund, was vordem eckig war und badet sich gesund von jeglicher Gefahr.

Erhebe dich zu deines Glücks Zenit in Mir und weide dich an dem, was du dir Bist allhier. Mit denen, die in Mir zusammenkamen, sei du im Sein das allerletzte Amen.

6.5
Weben, balancieren, austarieren: Ein brauchbar Werk für deines Herzens liebende Empfänglichkeit und seine Weisheit im Vergeben. Du strangulierst es, wenn du ihm nicht Meine Kräfte, Säfte, Seinssalute und Beförderungen zuteilst, die genauester Dosierung, Richtung und Kulanz bedürfen, um als Segensbund zu wirken, liebevoll und wahr.
  Kannst du hören, ist es dir gegeben, auch in Meine Tiefen akkurat hineinzusehn. Es gestalten sich die Seinsgebiete deines Schauens nach dem Mass des schweigenden Gehorchens, das du dir selber auferlegst im strahlenden Beginnen und Gewinnen Meines In-Mir-selber-Auferstehns.
  Trachte danach, deines Vaters Geist in die erklärte Absicht einzubauen, dein Dasein voll Verwunderung, Glaubwürdigkeit und Herzenswonne zu geniessen. Siebe dein Gedankenkraften und gib nur dem Allerbesten eine Chance, sich zu etablieren und vermehren und Gewinste einzubringen in dein Reich der traumverlornen Weiten und Verbindlichkeiten im Allhier.
  Lebewohl, so wie sich's leben lässt als Seinsentrückter und -beglückter in geheimer Mission. Du darfst und sollst dich zähmen im Gebrauche Meiner Güter, dass sie dir zum Heil gereichen und dich sachte höhwärts führen. Schliesslich traust du dir in Meinem Trauen eine überragende Gewandtheit zu im Leben und Bewegen, als ein Arrivierter und Entzückter ohnegleichen. Du nimmst teil am Feste der Geselligkeit des Himmels und gerätst in Meines

Willens Wohlfahrt und Behagen ebenso wie in die Zartheit weisen Trachtens und Verströmens einer Seinsbeständigkeit von höchstem Wert und lichterfüllter Heiterkeit im ewigen Allhier.

6.6
Soll das Werk den Meister loben, muss es auch vollkommen sein. Im Sein ist alles Herrlichkeit und Frieden; hier bist du nimmermehr allein, weil alle Lebensdinge dir zu Füssen liegen. Du reckst dich in die Unergründlichkeit des Schweigens, das über alle Himmel deines Seins gebreitet steht und überlässest dich den weisen Kräften des Entscheidens, die sich mit dir im lichten Sonnenglanze wiegen. Es liegt ein all so Zärtliches im Duft der Sphären, in deren Innigkeit du im Verströmen dich ergehst und dich erfüllst in einem wunderbaren Dich-Bewähren, das in der Sternenaura deines Götterwesens west. Ein Bogen der Glückseligkeit zieht sich vom Hier zur Ferne, dein Sein zu krönen in erhabener Manier, dass deine Seele sich zu freuen lerne, gebettet ins unendliche Allhier. Was dir genügt, soll endlich auch genügen den ungezählten Scharen, die als Begeisterte dem Licht entgegengehn und sich in den erhabnen Weiten der Unendlichkeit bewahren, indem sie sich in Liebesseeligkeit in sie verwehn.
  Was hier geschrieben steht ist niemals zu ergründen, von eines Weltverstands geschliffener Räson, die zwingend muss ins Abergründige münden, zutiefst erschüttert und verstört davon. Nur reinen Seinserlebens harmonieerfüllte Blüte, darf sich erheben zu so seelenvoller Pracht, in der erhaben hingegossnen Güte, in der den Wesen allen die herzinnige Erlösung lacht.

6.7

Gewalten machtvoll in den Rängen der sieggewohnten Seinsverbündeten im Reich der Gottesgnaden. Ich hebe und es hebt sich eine Welt in ihrer wachsenden Struktur und ihrem lernenden Gewissen Meiner zu. Alle sind Gewinner, die ihr Sein erkannt und in ihm auch nach Götterart gehandelt haben. Licht und leicht ist ihres Wesens wachende Gebärde, liebevoll und zart, was ihrem Seelensein entspringt in immerwährender Bereitschaft, Wunderbares zu vollbringen.

So fügt es sich, dass selbst die feinsten Schwingungen im Ätherreich bedeutsam krafterfüllte Wirkungen auf dem so viel bewegten Erdenplan ergeben. Was dem Auge regelrecht verschlossen, reicht von Stern zu Stern in einer Würde sondergleichen und erfährt sich als bewegendes Agens der wahren Wirklichkeit, in der die Geisteskräfte ihren Auslauf finden.

Du gewahrst, was Ich in Mir bewahre, wenn du mit unendlicher Behutsamkeit dein Denken in das Meine bettest und dem Sinnkreis Meines Inneseins gemäss Triumphe feierst der Erkenntnis und des Seins-Gewahrens. So ist dir gegeben, was Ich Mir gewähre und so leistest du, was sich gebührt an deiner Stelle des Erscheinens als der Herold Meiner überragenden Geschicklichkeit im Allverströmen, Meiner planenden Vernunft, wie Meiner sammetsanften Liebesgaben.

Beständig spreche Ich dir Wohlverstand ins Herz und anerkenne dich als Einer, der da will und will in Meine Stapfen treten. Nicht Eigensein, Gemeinsamkeit tut Not in der Bewältigung von grandiosen Werken, die sich vom Allhier bis ins Unendliche erheben.

So sei denn wahr, wahrhaftig und bewusst ein überzeugender Gefährte Meines Seins im Wunderbaren und erkläre dich als ein Geheilter Meines fabelhaften Tuns.

6.8
Späher send Ich aus, den Markt zu testen, der sich Mir entgegendrängt in all so seinsskurrilen Situationen. Es erheben sich Gewitter von naiv geführten Widrigkeiten gegen die von Mir errichteten Gebote wahren und beseligenden Phantasierens.

Wo Unvernunft und Katastrophen wirken, hab Ich Meine Hände nicht im Spiel; an Redlichem hingegen ist Mein Anteil gross und günstig, so wie Meine Himmelslichter den Allweiten günstig sind in grandios gesetzten Massen.

Dem Milieu der Einheit allen Seins verschworen, übertrete Ich die Grenzen Meiner Daseinsherrlichkeit und wache auf im Mustergültigen, das sich als das ersehnte Fluidum der Seinsglückseligkeit erweist, in dem sich die Geweihten und Gewappneten voll Wonne baden.

Der Ernst der Lage wird Mir klar für die von ihren Ängsten und Befürchtungen Umstrickten, die sich ihres freien Über-sich-Verfügens nicht bewusst sind und die Trauer wählen, wo das Freudensein genauso wirklich neben ihnen steht. Die Schule der Vergänglichkeit zu absolvieren ist ihr Los und manche bitt're Pille noch zu schlucken, ihres Bleibens Anstand und Befehl.

Was Ich gewähre, ist gewährt im Guten und was Meine Runden sind, ist rundherum geheiligt und besiegelt mit vollendeter Geruhsamkeit und Stärke des Empfindens. Ich ertrage alles überall, was Mir die Sterne deuten und begreife Mich als der unendlich reiche Tröster und Beglücker, Märchenprinz und Spender aller guten Gaben, die da sind und allen Seienden ihr glorioses Tun und ihren Wert erweisen.

Im Seinsgenügen liegt das Mäzenatentum des Himmels und die Zierde Meiner Schöpferstrategie, die jede Hemmnis überwallt und jedem Hingewendetsein entgegenkommt mit liebevoller Zärtlichkeit und wahrhaft graziös geführtem Strahlen. Das Besondere Bin Ich, wo immer sich Besonderes ereignet, das Lied der Wonne, wo sich ein Geschöpf dem Fühlkreis der Holdseligkeit des Daseins überlässt im wohlgemessnen Weilen.

Lind und warm und wesenhaft und licht gestimmt sind Meine Boten, die da Unbeschwertheit, Feinheit und Entzücken an der Welt verkünden, ohne jeden Pathos und mit lächelnder Bescheidenheit auf ihren Zügen.

Dies alles mach Ich wahr, indem Ich Bin, nichts weiter und Mir nur von Mir befehlen lasse, was zu tun ist und zu lassen, was zu lieben ist und wessen Atem Feuer speit, um sich von Mir zu distanzieren. Ich übertrage Meine Güte jedem, der da will von ihrem Safte zehren und bekräftige, was Mir an Kraft des Glaubens und Geduldens, des bewussten Allerhebens und Erwartens des Unendlichen entgegenströmt. Legendär und süss und sicher ist Mein Ruf nach Seinsgelassenheit und Frieden, nach Erörterung der Tugend in des Herzens Falten, wie nach Seinsgerechtigkeit im übervollen Streben.

Göttergluten sei dein Stil und sternenglitzernde Bedeutsamkeit dein Wesensanhang und Erfüllen, als von Mir gerundet und geprägt, gesundet und geduldigen Sinns dem Sein hinzugegeben.

6.9
So wie Ich auf dich zähle, erzählst du Mir von deines Seins bewusstgehaltnen Gründen, ohne deren über

alles schicklichem Geranke nimmermehr Lebendigkeit erscheinen würde auf dem Daseinsplan.

Der Aus-dem-Erdensein-Erwachte kennt sich vorerst nicht von seinem Ursprung her und schwimmt und rudert in dem unbekannten Elemente in erbarmungsloser Einfalt, die ihn hin und wider stösst in allen Reichen, die er sich erobert und erkauft mit heissem Herzblut und mit kühl berechnendem Gebaren. Als ein ausgemachter Nihilist wird er geboren und mählich, mählich erst verändern ihn die aufeinanderfolgenden Ereignisse in seinem Sein und Weben zu einem Denker an sich selbst und zum Erkenner einer Welt von sagenhaften Hintergründen, die bewusst und klargesichtig, wirkungsvoll und übermächtig, liebevoll und zart weit über allem Offenbaren steh'n.

Das Individuum saugt allgemeine Weisheit auf in seinem blank geführten Kämpfen und Bestehn. Es läutert sich am Netzwerk biographischer Gegebenheiten und darf sich irgendwann als seinsbefreit und licht und leicht und locker, seelenselig und bewusst erkennen, einig mit dem allweit operierenden, unendlich weisen und gewissenhaften Sein, in dem kein Rätsel mehr besteht und aller Tugend Seim zur vollen Blüte kommt im allerreinsten Selbstgenügen.

So schliesst sich dann der Kreis lebendigen Gebarens vom Ausgang bis zur Wende und von der Wende hin zum Ausgang wieder, wo das All-Herrliche sich findet und die Liebendwürdigkeit der Sterne eine Geistwelt wunderbar mit ihrem Glanze überfliesst. Es begegnen sich die Seinsverklärten voll Zartheit in der Andacht ihrer Züge und gewähren sich Glückseligkeit im Mass der Einsicht und Erhabenheit, die ihnen ist beschieden. Gottesfurcht und liebende Verehrung walten in den seienden Gemütern und die Wonne des Vereintseins mit den Geisterchören überschwebt ihr Wohl. Halleluja ist ihr Singen - und bewusstes Schweigen in der Stille der Unendlichkeit die Ehrfurcht, die sie im Allinnersten bewegt. Des Gerechtseins Amen ist ihr Lauschen und das liebende Umfangen - ihres Tauschens wissende Gebärde in der Grazie des Seins, die ihnen endlich, ewig eins und alles ist geworden.

6.10
Artfremde Wirbel meidest du aus purer Vorsicht vor dem tückischen Hineingerissenwerden. Du besitzest jederzeit von Mir die Kraft der Wachsamkeit am Tor der sieben guten Gaben und lässest weder schwächendes Geflitter noch verheerend ränkesüchtig Ungewitter bei dir ein.

Du bist von Mir geliebt ob deiner Konsequenz im tugendhaften Handeln ebenso, wie in der Zucht, die du dir auferlegst im wachen, vifen Vorwärtsschreiten, Meinem Ziele zu.

Ich warne dich vor dem Geflüster liederlich gesinnter Seinsstrategen, die den Makel übergrosser Weltlichkeit und Sinnenfälligkeit in ihrem Busen tragen und lasse über deinem Haupt die Fahne wahren Freiseins vor besinnungslosem Taumel in die Sünde wehn.

Den Ort der Herzensruhe will Ich für dich finden und den Geist der schönen Weile um dich legen, damit dir deine Stunden in glückseliger Lauterkeit und heiteren Gemüts verfliessen. Allerhobenheit ins götterglänzende Gespiel der Einheit aller Dinge lass Ich dich erfahren und darin die Morgendämmerung des neuen Seins, das deiner Menschenwürde und dem Reifen deiner Wesenszüge zugehört.

Ich Bin dir der Ursprung und die Läuterung der Kräfte, die mit Vehemenz und Feuer in dir zur Entfaltung drängen. Aufbruch sei, was du erwählst und Reise ins unendliche Befrieden, das Ich dir voll Dankbarkeit und Zuversichtlichkeit gewähre.

6.11

Titanenkraft und Elementengrösse sind nur um den Preis des steten Wandels und der immanenten Wirksamkeit zu haben.

Im Gleichschritt mit den Vielen schreite Ich dahin, indem Ich ihnen Bürge Bin des Geistesabenteuers, das sie lebelang und herzenstreu, hellsichtig, heiter, figalant und gläubig zu bestehen haben. Ich adle, was sie sind, durch Meine stete Gegenwart in ihnen und versuche ihren Weitblick und das Fluidum der Seinvernünftigkeit, das sie durchströmt, zu schulen.

Ich warne sie, wenn ihnen die Gefahr der Unvernünftigkeit zu Leibe rücken will und mache sie sensibel für die feinen Regungen des All-Gewissens, die verklärend und behütend, sakrosankt und liebevoll, leis und behutsam durch den Äther schweben.

Du bist ins ewig Unvergängliche gebettet, sag Ich dir, mehr als dir lieb ist, wenn du schwach sein willst zuzeiten und voll Freudigkeit von ihm begrüsst, wenn du dich überwinden kannst sein Vorbild der Wahrhaftigkeit und Reinheit anzunehmen.

In deines Leibes Tempel Bin Ich gross, so wie du gross bist in dem Meinen, der das All erfüllt, wenn dein Bewusstsein jegliche Begrenzung überschreitet und allein dem Sein und seiner Fülle zugehört im Wunderbaren.

6.12

Ich Bin Bewusstsein in der Wissenschaft der Tiefen, Bin die Seelenangelegenheit der Vielen, die vollends im Wirbel Meiner Dienste stehn. Ungekürzt und radikal besitze und verwalte Ich ihr Leben, derweil sie Meiner Weltenklugheit Mass allwie das eigene in sich verspüren.

Einheit herrscht allüberall als Sinngedicht und Göttergabe innen, aussen, nah und fern, verbindlich, zügig, seinsgediegen. Ich umfange seelenvoll und heiter aller Wesen Andacht und Gedeihen und gewähre ihnen Schutz und Eigenwürde im Bewusstsein, das Ich ihnen zur Entfaltung übergebe.

Mein ist, was sie sich zuerkennen, was Ich Mir zuerkenne als Mein Eigentum, Mein Wissen und Befehlen. Was immer sich erhebt, ist schlicht und einfach Mein Erheben. Was immer die Gebärde der Lebendigkeit und Nützlichkeit vollführt, ist Meiner Grazie Entwurf und Meiner Selbstverwirklichung Beleben. Machbar ist Mir alles, was Ich will und ist bis in die letzte Fiber auch von Meinem Feingefühl durchzogen.

Wecke dich, erwecke dich in aller Form als Mein Gewissen und Gewalten, Mein Berühren, Rühren und Beglaubigen im Götterstil. Tauche unter in Mein Sein: heimlich, heimisch, siegessicher und das All bewegend in der Resonanz, die du hervorrufst und der Herzensgüte, die du wunderbarerweis in Mir erfährst.

Mählich, mählich darfst du das von Mir erfahren, was Ich in Meiner Art und Weise glühend in den Kosmos schreibe, darfst Entzücken fühlen an der Unermesslichkeit des Sternenraums, in die sich dein Bewusstsein weitet und erhebt. In allem ewig jung und heiter, wesest du als Meines Wesens Glorie und Spiel, als Meines Seiens Absicht und Verlangen und Mein Daseins Wonne, Widerpart und Ziel.

6.13
Ebenmass, Wahrhaftigkeit und Frieden sind in Meinen Händen gross. Was Ich dir rapportiere, hat den Schwung der Unerbittlichkeit im Seinsgeschwader, das Ich über Ozeane der Unendlichkeit befehl.
 Niemals hat ein Trugschluss Meines Seins allüberall verbreitetes Proszenium der Klargesichtigkeit getrübt. Ich sprach von Nimbus und gewahre, dass das All in Mir noch bis ins letzte Detail seiner Sagenhaftigkeit und Inbrunst unterworfen ist im überragenden Gedankenstossen, das Ich leichterdings vollführ. Meine Machart ist des Machens siegessicheres Vollenden und gehört den Dingen an, die völlig unbescholten und bewusst und provozierend ihren Kräfteschwall verbreiten.
 Was Ich meine, tönt gewaltig von der einen Hemisphäre Meines Hochgefühls von Willgewalt und Eleganz, von Urkraft, Eloquenz, Wahrhaftigkeit und Güte in die andere hinüber. Ohne jedes Zögern zieh Ich stets das grosse Los aus allerbestens durchgemischten Zettellagen. Mein Bewusstsein hat durchschauende Gewähr in allen Situationen und bezieht ihr Wissen aus dem Born der absoluten Wahrheit und Gerechtigkeit in Meinen Gründen. Gross ist, was sich selber aufrecht halten kann im Seinsgetriebe als im Katarakt der niederstürzenden Äonen. Im Angesicht des Fallens vieler Seinsnotwendigkeiten, Bin Ich Mir getrost der Aufwärtsstrebende, so wie der Aal flussauf in Kraft und Herrlichkeit den Scheitelpunkt erreicht von seinem willgewandten Zielen.
 Ich richte Mich gemächlich ein im Kabinett der schönen Künste, stülpe Mir des Scheins Geglitzer über und bewahre stets Mein Eigensein im Feld der ungezählten Andersartigkeiten. Lang ist die Liste gediegenen Bekömmlichkeiten, die Ich Mir mit

Eleganz und Zauberkraft gewähr. Ich spiele nicht nach Noten, sondern nach dem Einfall Meiner phantasiegeschwängerten Ideen, denen Ich den Freiesten der Läufe zugesteh. Was Mich beschäftigt, hebt sich stets heraus aus jedem mittelmässigen Gewöhnen, indem Ich an den goldnen Fäden zieh des unerschöpflichen Gelingens und des Königtums vortrefflicher Durchtriebenheiten, deren Ich Mich ohne jede Scham bedien.

Ich erläutere den staunenden Gemütern die Symbole, die Ich blitzschnell an die Tafel schrieb, um ihnen Klarheit und Begeisterung einzuflössen. Welchen Jubels allgemeines Blinken tritt hervor, wenn Meine Absicht sich erfüllt, die Seinsbewusstheit in der Welt zu etablieren.

Ich mache Mir nichts vor und übe Nachsicht, wo es gilt, an Schwellen neuen Schwung heranzuzüchten - oder Unbekömmlichkeiten zu ertragen, um den Wettlauf trotzdem zu vollenden, einem hochgesteckten Ziele zu.

Die verglimmende Gemächlichkeit kommt Mir zumal gelegen, wo die Unrast eines ruhevollen Augenblicks bedarf im vehementen Vorwärtsstreben. Da geb Ich Mich dann hin, wie sich der Vielgeliebte seiner Braut ergibt in köstlichem Umfangen und Empfangen und Vergeben und Erleben im beglückten und bezauberten Gemüt. Was Wunder, wenn der Hauch des Zärtlichseins so lieb und so beliebt sich durch die Zeiten schlängelt als ein Schalk, ein Dieb, ein trefflicher Verführer und ein immerwährender Beglücker offenbar.

Seinsgewandt und solidarisch mit den Göttern Meiner Wahl, geh Ich einher als der Getreue Meiner selbst und Meiner Applikationen. Dem Ungewissen leihe Ich Vernunft und Zuversicht, dem Schwachen Elementenkraft und dem Verzagenden den Mut des Heldentums, damit sich alles Meinem Sinn gemäss erfülle und glückseligen Ausgang finde in der meisterlichen Partitur, die Ich Mir seinsbewusst, behend und prächtig vollgeschrieben. Niemand wird Mich einer Sünde zeihen, ob dem Mass an wunderbar gesättigten Impulsen, die Ich universenweit den Tüchtigen in Mir verlieh, um ihnen Anstand, radikales Selbstgefühl, Gewissenhaftigkeit, Genie, Beständigkeit und Zartheit beizubringen.

Damit ist's für eine Weile wohlgetan. Es lösen sich die Geister des Gestaltens auf und die beglückten Spektateure ihres Tuns geruhen sich zurückzulehnen und den Träumen nachzuhangen, die das Wunderbare und Erhabene in ihnen evoziert hat, seinsbeglückend, kräftigend, lichthell und sonnenklar.

6.14
Direkten Einfluss üb' Ich auf die Myriaden Wesen, die in Meiner Schaffensfreude Rhythmus stehn. Dem Wunder der Verwandlung zugetan erfülle Ich, was sie sich sind in liebevoller Weise ganz und gar. Parieren heisst in Meines Sinnens Wohllaut: einen Lehrplan absolvieren von verwegenem Vertrauen und beseligender Offenheit, dem Meister aller Dinge gegenüber. Ich lehre dich, des Schweigens Heilkraft zu erproben und spanne deinen Bogen, hoffend, dass du deine Pfeile Meinem Sinn gemäss versendest. Seinstalente hab Ich dir verliehen, deren Kraft das All bewegt und allgemeine Wohlfahrt spendet um sich her.

Wer ist in Wahrheit von des Schicksals Beutezügen und Verirrungen betroffen? Der nur sein eigensinniges Gelispel hören will in seinen Lebenstagen. Er verschwindet so, wie er gekommen ist, vom Regelwerk der Weltenbühne, ohne sich zu ändern in der Tat. Ein Veilchen duftet ihm und er begreift nicht, dass Ich Mich in ihm verdufte. Er missachtet Meines Inneseins Begleiten, Sein und Sinnbereiten kreuz und quer.

David muss den Goliath besiegen auch in dir, damit die Götterherrlichkeit zur Geltung komme auf dem Erdenplan und sich das Werk im besten Sinn erfülle, das Ich eingerichtet habe. Dann heben sich die Schranken Zug um Zug und lassen Freude, Sicherheit des Ewigen und seelenvolle Weisheit in dich strömen. Du weisst und wissend darfst du Meines Inneseins Bedeutung in dir spüren. Du gewinnst das Spiel und lässt dich lächelnd von den Seinsgewinsten überfluten.

6.15
Seinsgelassenheit in Wachheit, lächelnder Gewähr und würdigem Erheben ist Meines Zielens Widerpart im seinsgeschichtlichen Erleben. Ich komm und komme und Bin immer auch schon da, Gewähr für's Grandiose bietend, das Ich Bin und gut und gläubig Meine Wege wandernd in der Abgeklärtheit Meiner Züge.

Seinsvollenden will Ich nennen, was Mich so begeistert und erhebt und was die Gedankenfreie garantiert und die Gewissheit, dass sich alles so erfüllt, wie Ich's Mir ausgedacht und auserlesen habe.

Ich setze zarte Pflänzchen ein und sehe darin schon die Blüte und den Baum im Weltgewahren. Ich raffe Mich zusammen und sende Meines Willens Strahl gewaltig in die Ferne einer neuen Siegestat im Raum der Zeiten und Beförderungen neuer Gegenständlichkeiten fürstlichen Geblüts und fabelhaft geadelten Benehmens.

Was immer Ich erdenke, sieht sich selber mit Gefühl und Liebenswürdigkeit bedacht im Reich der graziösen Hoffnung auf Gefälligkeit im Leben und Gewissenhaftigkeit im Streben, die zu Seinserfolg und Wonnesein und strahlender Erkenntnis der Allherrlichkeit und Allbewusstheit führen.

Gleichnis Meiner selbst Bin Ich im ewig Wandelbaren, das Ich Meiner Seinsbeweglichkeit, der Inbrunst des Gestaltens und Gewaltens, wie der Abgeklärtheit Meines Wesenseins verdanke.

Ich gestatte Mir, was niemand sich in seinem Wirkfeld je gestatten kann und halte wunderbarerweis zusamm, was in Unbewusstheit und Verzagtheit auseinanderstreben will zu seinem und zu Meinem Schaden. Gleichnis einer Stärke Bin Ich von bewundernswürdigem Agieren und Parieren, wie von seelenseligem und auserlesenem In-Mir-Beruhn, das Meines Willens Drang und Meiner Zauberwelt Gefährte ist in immerwährendem Behüten.

Reizende Gespinste im Gedankenarsenal, die die Schau auf was sie sind entzückt und die Wahrhaftigkeit zutage treten lassen in den Sphären der Unendlichkeit, die Ich verwalte und mit Ebenmässigkeit verseh.

Taufrisch und gediegen ist, was Meinem Sein entströmt und Meinen Intentionen. Rasch im Handeln, richterlich im Übersehn und weise im Geniessen ist Mein Sosein an Mir selbst, an dem Ich Meine Freudenquelle und Mein seins-harmonisches Erkenntnisgut gefunden habe.

War es gestern oder heutig, immer ist Behutsamkeit und Sanftmut, Reinheit, Zärtlichkeit und seelenvolle Resonanz im Spiel, das Ich mit Charme und Lebensklugheit, Musikalität und Mustergültigkeit betreibe. Niemand kann und will und mag und darf soviel wie Ich auf Meine Fahnen schreiben. Niemand trägt so stolz sein Farbenbanner über Myriaden Häuptern lachend und gebieterisch dahin.

Allein Ich wäge, wirke, lange und empfange, was die Fülle Mir gewährt im Unergründlichen und Unbegrenzten, das Mir zur Verfügung steht im Rinnsal der Äonen. Was die Myriaden Sonnen sich erzählen, was das All erfüllt mit lichtem Leben, mit der Götter Anspruch und Gedeihen ist ein Teil von Mir und ist Gediegenheit des Teilens, die ein Wunderwerk von Güte, Glanz und Ebenbildlichkeit gebiert, an dem Ich Mich wie nichts erlabe.

So leiste Ich, was Meiner Urgewalt und Meinem Feingefühl entspricht und was im Logbuch der Unendlichkeit verzeichnet wird als wohlgelungen und erhaben über die Querelen minderen Gespürs, als geprüft und wohlgetan in Meiner Akribie des seinsperfekten Zueinanderfügens aller glänzenden Errungenschaften, Meinem Sinn gemäss und strahlenden Votieren.

Damit ist's für den Moment getan. Ich ziehe Mich zurück ins Schloss der Wesensruh und hülle Mich ins Glück des ewigen Beschauens und der friedevollen Unbeschwertheit, der Ich ewig Mich erfreue und von der Ich voll Begeisterung und Wohlgefälligkeit, Getragenheit und Innigkeit, Glückseligkeit und Würde zehr.

6.16
Du hast gesagt, es sei ein Fest, das Sein zu lieben und an diesem einen Punkte alles aufzuhängen, was die Seele so betört im Weltenbummel ihrer Wahl. Letztlich ist der Wettlauf um Gerechtigkeit und Frieden dann entschieden, wenn die Liebe tritt hervor und die Völkerschaften sich einhellig darin üben, einander gut zu sein in Wort und Tat und feingefühltem Überlegen, was dem andern frommt im Zeitenstossen.

Myriadenfaches Weh muss noch gelindert werden durch die Einsicht, dass es das Ich Bin betrifft, das allen Wesen zugleich von Mir eigen ist im Weltenflor und Chor und das allüberall die Atmosphäre schwängert mit der Kraft des Gottbewusstseins, das da herrschen soll in jeder Seele traulichem Verlies.

Ich rechne mit dir im unendlichen Kalkül, will Ich dir sagen, so gewiss, wie man zur Morgenfeier Anken auf dem Brot verstreicht und süssen Honigseim dazu. Was hast du alles schon erfahren, eh die Sonne wahrer Liebe aus dir strahlen konnte als ein Akt der Friedefertigkeit und des begeisternden Verschenkens deiner Möglichkeiten an des Weltenschicksals Gluten. Herzenswärme und Verschwiegenheit, Begeisterung und seinsspontanes Handeln sind vonnöten, wo dem Schenkenden Erfolg beschert und allgemeiner Freudenschwall gewiss sein soll im liebevollen Teilen.

So erwarte Ich Bedeutendes von dir im Sinn zur allgemeinen Wohlfahrt beizutragen und Geschrumpftes auszubügeln, wo es immer dir gehörig und gerecht erscheint im Miteinandergehn.

Selig der Beflissene am Werk der grossen Einung, die die Menschheit überkommen soll in ihres Daseins Wundertagen. Seinserhaben sei der von dem Gottesgeist Bewegte in der Prozedur des Heilens an der Weltgemeinschaft und des Heiligens der sprossenden Gemüter, Meinem reinen Sein und Meiner Seins-Glückseligkeit entgegen.

6.17
Ich lerne sein nach Kraft und Milde, nach Gewohnheit und Entwöhnung, nach Tauchgang und Erheben in der menschlichen Natur. Gedankenvoll und heiter wes' Ich im Bewusstsein Meiner selbst durch Lebenslängen feierlich dahin. Erinnerungen

an das Dasein vor dem Tod, will Ich hier nennen, was Mir schlüsselfertig aus dem Jenseits seinsspontan entgegenkommt.

6.18
Die Offenbarung wahren Friedens zeigt sich einer Seele dann, wenn sie ihr Geistsein unfehlbar erkannt hat mitten in der Welt erbarmungslos aufwallendem Getriebe. Schau auf die Ruh auf einem Antlitz, dessen Träger sanfterweis hinüberdriftete ins andersartige Gewöhnen. Welch majestät'sche Sorgenlosigkeit gewahrst du eben, weil die Seele, die es formte ihrer Unbeschwertheit inne ward im Wunderbaren.

So auch du im Leben magst Gewissheit von dir selbst erlangen, als das ewig unverbrüchliche Gedeihen im Allhier. Du lädst dich zu dir selber ein ins glückverheissende Asyl, wo alles sich in Minne und Gelassenheit vollzieht als schöpferfreudiges Erdenkenwollen in Äonenträchtigkeit und feingefühltes Seligsein in immerwährender Gewähr.

6.19
Das Kommende ist immer schon bereit, zu uns hereinzutreten als gereift und richtig für den Fortgang uns'rer Schicksalselegie. Die Machart dessen, was wir so erleben, kommt von Wesen, die wir uns geschaffen haben als gewissenhafte Helfer oder skrupellose Hinderer am Werk des Ewigen, das sich in uns entfalten und zur strahlenden Vollendung stilisieren will.

Wie kommt es, dass wir so um unsere Zukunft bange sind, wenn doch die Güte Gottes selber uns des Weges führt, der unser Soll ist in des Weltbewusstseins Fahren? Es sei, dass wir uns Seiner majestätischen Gebärde willig und gekonnt, voll Liebe und Geduld, bewusst und heiter unterziehn im Gleichmass Seines Schreitens, damit der Garten Seiner märchenhaften Wünsche schön gepflegt und faszinierend dem Beschauerstrom sich präsentiert, zu freudigem Erleben.

Wer letztlich an den Strängen zieht sind wir, in überirdischer Manier, in freiem Unterscheiden und Entscheiden wesenskräftig vor uns hin.

Was uns Not tut ist das Uns-identisch-mit-dem-Göttersein-Erfühlen, das dazu führt, dass wir am selben Stricke ziehn mit dem Unendlichen, das in Äonen des Entfaltens und Gestaltens Wunderwerke schafft von sagenhafter Schöne. In des Seins Behutsamkeit getaucht, verwandelt sich, was wir begehren, in ein Fest der selbsterlösenden Bravour. Wir sind und seiend treten wir als Wohlgewappnete und Reichbegabte auf die Lebensbühne, um dem ewigen Willen Nachhall zu verschaffen und das Feingefühl für das Unendliche zu steigern, bis es in ein ewiges Freudesein und Gutsein mündet, das uns vollends und voll Dankbarkeit im tiefsten Seelengrund genügt.

6.20
Warten auf Erlösung ist nicht klug. Hungrige Münder werden nur gesättigt, wenn die Wesen, ihrer Art gemäss, zum Futter und zur Nahrung drängen. Bilde dir nicht ein, es werde jemand kommen und dir helfen in der Not, ohne dass du sie vertrittst - und anhebst, sie bewusst und tatenkräftig zu Beheben.

Mein Sein ist aller Kräfte Ursprung und damit der Spender aller guten Gaben, die da sind und ihres Seiens Flor durch alle Lebenszeiten tragen. Wacker und voll Andacht sollst du ihrer wohlfahrtspendenden Bedeutung dich bedienen, um des Trosts gewiss zu sein im Sehnen und um der Rettung Blinken wahrzunehmen in der Stunde der Gefahr.

   Glaube Mir, wenn Ich dir sage, dass Gekonntheit ihren Ursprung hat im Willen, mehr zu sein und mehr zu leisten als gerade üblich ist im Weltbetrieb. Ich zähle auf die sprühenden und glühenden, geheimnisknackenden und vifen Geister, die ihr Sein am Wirbel der Gezeiten wetzen und sich ihre Rechte kühnen Schritts erobern über alle Lande des Gewinnens hin. Es ist in Meinem Sinn zu sähen, wo reiche Frucht geerntet werden soll und wo die Freudentänze der Begeisterung am wohlgelungnen Werk aufklingen sollen.

   Was hast du dir schon angetan an wahrer Majestät im Nutzen deiner Kräfte, die die Meinen sind, will Ich dich fragen? Es ist so wenig noch, dass du dich schämen müsstest mit der Sicht auf deine Möglichkeiten und dem Wissen, was es heisst, sich punktgenau auf einen Sachverhalt zu konzentrieren, damit er lösbar wird im Schrittweis-und-gesammelt-Weitergehn. Nur dann steht dir die Freiheit zu, dich in den Sonnentag zu setzen und auf dem Thron der Wohlbekömmlichkeit ein Stündchen des Erlabens einzurichten. Gern lass ich Freuden und Beseligungen zu, wo eines Werkes Genialität und Liebenswürdigkeit den Meister ehrt in märchenhaften Zügen.

   Gesteh dir's rasch und schlüssig, was noch heute dir zu tun obliegt in Meinem Sinne und verwandle dich in einen Künstler jeder selbstbewusst ergriffenen Gelegenheit des Horchens und Gehorchens und demgemäss der Glorie an Meinem Sein und Meinen Interpunktionen.

7

Trinke Meiner Worte Kraft

7.1
Betrag dich so zu Mir, wie Ich Mich dir zu königlich betrage. Niemals kannst du gut sein wollen, ohne dass dir Meine Güte sanft und selig aus den Augen strahlt. Trinke Meiner hochgebenedeiten Worte Kraft und du wirst unverletzlich und gewappnet für den Dienst an Meiner Sache schlicht und kühn einhergehn, ohne nach Bequemlichkeit und Resonanz zu fragen.
 Wie du ermessen kannst, Bin Ich bereit, dir, was du so begehrst, zu schenken. Lang noch werden Meine Worte in dir klingen, nachdem sie echolos verhallt sind in des blauen, lauen Äthers Zonen.

7.2
Lichterbauer Bin Ich Mir in Wesensgründen, sakrosankte Grille Meiner eig'nen Denknatur in vielerfahrnen Winkelzügen. Gebenedeit ist, was aus Meinen Höhn herniederschwebt in wundersame Tiefen, Unendlichkeit des Seins zu feiern hier und dort und überall in gleicher Dichte und derselben Wertbeständigkeit im Grünen.
 Laufet Brüder eure Bahn, will Ich hier sagen, unbekümmert, denn sie ist im Sternlauf vorgegeben. Laufet tapfer, sinngewaltig und dem Herrn ergeben in die gloriosen Fernen eurer Zeit, um Meine Pläne, Visionen und Gedankenstürze darzulegen.
 Ich schaue und erbaue in so seinslebendiger Gewähr, dass sich ein Raunen der Begeisterung durch alle Räume zieht Meines Begabens. Was heil ist, genial und wohlgetan, trägt Meines Siegels Eindruck und Gefallen. Was hochgefahren und galant in allen Seinsrosetten sich verbreitet, will erkannt, gehätschelt und geliebt, errungen und besungen werden als die Mitgift zum Empfang der

Bräutlichen, die zur Vermählung sich mit Mir herangezogen.

Ich trachte danach, allen Meiner Vielfalt Grenzenlosigkeit mit auf den Weg zu geben, damit die Dinge und Ideen sich voll Zuversicht und unbehindert auch vermehren können. Eines Lächelns Blüte soll in jedem Fenster stehn, das Ich eröffne durch Mein Leben, Sein und Wirken im Allhier. Brauchtum, Sitte, Seinsgewinn und seelenvolle Rarität soll werden, was sich Meiner Flusskraft und Gediegenheit erinnert in den Szenen einer Welt von Tatenträchtigkeit, wie Turbulenz, im Auferstehn zu Meinen silberhellen Wesensgründen.

7.3
Freudewallen in des Äthers lichterfüllten Zonen, wohlbereitetes Genügen, frei und frank und frisch und froh in Räumen des holdseligen Begreifens einer Seinskultur von eminenten Gnaden: denn Es schenkt sich dir in neu gefühlter Weise als das reine, friedevolle Sein an sich und hinterlässt in dir der Hoheit heiligende Spuren.

Dir ist geschehn, was aller Wesen Sehnsucht ist: Die Herzensruh zu finden und im Märchenland der ewigen Heiterkeit bildhübsch zu wohnen als Versöhnter mit dem Geist der ewigen Natur.

Unbeschreiblich ist die Kraft des Schauens, die Mich hier bewegt. Überwältigend die Aussicht auf das ewige Gesunden, das wie eine See von sagenhafter Unberührtheit vor Mir liegt und absolute Stille atmet, Glanz des Göttlichen und feierlich gewordne Harmonie.

Zeitlos, selig, liebevoll, wahrhaftig und erhaben Bin Ich Mir im Ätherglanz der Himmlischen, der Mich beseelt und der sich voller Unschuld, Grazie und

Leichtigkeit allüberall verbreitet, wo Ich Mich gelassen seh.

Aller Ernst hat sich in Unbeschwertheit, Wonne, Friedefertigkeit und lächelndes Bejahen des erlebten Zauberspiels gewandelt. Offen ist Mir alles, was das Sehnen Mir zu sehn gebietet und die Gegenwart der Geisteswesen ist Mir ein Begriff von wunderbar bedeutungsvoller Schöne.

So darf Ich sein, solang es immer Mir gefällt, den Hauch der waltenden Glückseligkeit zu spüren und das Fluidum der Liebe zu verstrahlen, sonnenlicht und zärtlich, meisterlich, gedankenrein und wahr.

7.4
Grossen, holden Schauens, steh Ich Mir in Kosmosweiten selber gegenüber, als das Ich im Welten-Ich, der Geistgefährte der Unendlichkeit, das Lichte in des Lichts unnennbar gloriosem Strömen. Mein Sein ist hier ein Wunderwerk von glückerfülltem Liebestrahlen, Meine Gegenwart im All ein Aufblühn des Gemüts zu wunderbarer Einigkeit mit dem, was Ist, im Dom der Myriaden Sternenzeiten.

Vollkommen frei und licht und schön, bewusst und heiter wese Ich im ewig Guten, das Mein Seiens Zierde ist und Meines Seinsbefindens Wohl. Auferstehn im Lichtgewand der Sphären nenn Ich, was Mir so geschieht; in der Grazie der Gotteskindschaft darf Ich sein und wirkend weben. Weisheit wallt durch Meine Züge und Getragenheit des Weilens durch die Fülle Meines Hochgefühls am Mich-im-Ewigen-Erleben.

7.5
Verbindlichkeiten der besonderen Art tauchen auf in Meinem sich verströmenden Gemüt, wenn Ich Mich

dem profanen Denken regelrecht entzieh; denn des Bewusstseins Kräfte weiten sich darauf ins kosmische Erleben.

Woran Mir ganz besonders liegt ist, dich mit Seinsvertrauen zu begaben. Alles, was du so erlebst in deinen maliziösen Tagen, ist von Meinem Sinn und Geist geprägt, als in der Synthese zweier Wissenschaften, die im Grund nur eine, Meine sind, erfüllt von überwältigender Weisheit des Verordnens aus erhabnem Weltverstehn.

Du sollst dich selber nicht verleugnen, sag Ich. Aber wenn du Mich verleugnest, stehst du wie vom Urgrund deiner besten Qualitäten abgeschnitten da und wirst jahrzehntelang verdorren an dir selbst, bis dich ein Irgendwer verwirft auf Nimmerwiedersehn.

Bedeutet dir jedoch Mein Siegel alles, was es zu erforschen gibt und aller Zünftigkeit und Zukunft Résumé, dann wird dein Acker blühn in Frucht und Farben, eine Pracht zu schauen und ein innig Loblied wert auf den, der sie geschaffen und gehegt, gehätschelt und für gut befunden.

Ich spiele stets mit ungezinkten Karten und verlange auch von dir, dass du dasselbe tust, denn unter dem Gewölb des Lichttags, wie dem Sternenprunk der klaren Nächte, soll in Meiner Seinskultur nur Ehrlichkeit und Fleiss, Bescheidenheit und Sitte herrschen, was unweigerlich zu Schönheit führt und Freude in Natur und Leben.

Gleichen Sinnes mit Mir sollst du werden, schnörkellos und treu in allen Situationen deiner mutvoll und galant durchschritt'nen Heldenbahn. Trittst du in Meiner Stapfen Glorie und Ebenmässigkeit, gewahrst du bald, dass du allwie auf Schäferwölkchen segelst durch den himmlischen Azur im Sonnenstrahl der Güte eines Gottes, der dich liebevoll und heiter als sein Kind betrachtet, in der

Grossgemeinschaft seiner Werkgetreuen und Besiegler seiner Weise, vor sich selber zu bestehn.

Ich weiss, wie man die Dinge reifen lässt im allerwürdigsten Verfügen. Ich schone nichts und lasse zu in allem, was Ich so betreibe, um Mein Mass zu füllen und dem Weltenlauf geschickt und sieggewohnt ins Aug zu sehn. Sorglos getönt und mustergültig weitet sich die Wirklichkeit und Seinsgewogenheit von Meiner Wesen Zahl ins Unermessliche der Zeiten und Verbindlichkeiten Meines hochgemuten Schöpfertums und Sagens.

Wer mag schon die Quadrille sauber tanzen, wenn nicht Mein Flötentons Gewicht und Lamentieren dazu seinen Segen gibt und seine süsse Melodei, die Munterkeit und Wärme, Harmonie und Lieblichkeit verbreitet in der Festgemeinde, die sie traulich um sich schart. Ich lasse lauschen und bedeutungsvolle Blicke tauschen, wo Ich Meine Kunst platziere im Rangieren und Changieren, Ebenmass kreieren und balsamischen Gerichten Wohlbekömmlichkeit und Gaumenkitzel zu verleihn.

Tröste dich, indem du Meines Tröstens dich versicherst in der Tauglichkeit der Sphären, wie im Inbegriff der Güte, die Ich jedem Bin, der Meinem Antlitz Referenz erweist und sich voll Grazie vor ihm verneigt im Hof der guten Sitten und des Einsprungs tief gefühlter Frömmigkeit vor dem, was Ich dir Bin im Sein der Welt und in den zauberhaften Weiten kosmischen Verfügens.

Was du lernst im Lichte Meiner Gunst, ist aller Tage Mühsal wert und was du schaffend Mir entgegenträgst, wird überreich belohnt in deines Seinsbewusstseins Überragen. Du kommst und gehst und hast den silberglänzenden Pokal gewonnen in der Meisterschaft der Jahre, die dich zu Mir führten und damit zur Erkenntnis der Glückseligkeit, in der Ich wese. Es labt und lobt dich von ihr Meines Teilens Unverbrüchlichkeit im Einssein, das Ich allweit, liebevoll und heiter in Mir spüre. Du bist, indem Ich in dir Bin und dich mit Blüten reiner Liebenswürdigkeit und Wonne überschütte in elysischen Gefilden, die dein Herzens Wohnsitz sind und seelenseliges Befinden.

Leis verebbend, lass Ich Stille an dir währen, Stille einer seinsgestillten See von Anmut, Liebewärme, strahlender Natürlichkeit und seidenweicher Harmonie.

7.6
Dem Vater aller Dinge Referenz erweisen ist die Pflicht der Gütigen und Guten auf der Liebe lichter Spur. Wer ist der Exquisite, dem sich aller Wesen Wachheit beugen muss, dem die Gebirge und die Sterne hörig sind und laufen, laufen ewig laufen, einem unbekannten Ziel entgegen. Nenne Mich Ich Bin und nenne dich das Seiende und überlege, was es heisst, in einem Feld der schaffenden Vernunft zu stehn, die vollends über dich verfügt und die sich hinter deinem Seinsbewusstsein als das Treibende und Bleibende erweist, wenn du's erkennst in deinen Lebensgründen.

Der Zimmermann Bin Ich, du bist der Beitel in der Hand, nach dem die Späne fliegen. Dein Bewusstsein ist in Meins gebettet und dazu bestimmt auf Meinen Wink zu reagieren, wie das Rösslein auf des Reiters Trieb, wie die Fanfare auf den Hauch des Musikus und wie der Pfeil, der von der Sehne schwirrt in weitgedehntem Bogen.

Ich Bin Dein, sollst du dir sagen und sogleich bist du Meines Seins Gebieter und Gelass als Eminenz in allen Meinen Zügen. So sind es denn die Deinen und Ich habe nichts als dich zu sein in einem überwältigend und liebevoll bedeutenden Vereinen.

Dein Schweigen hat es Mich gelehrt, sag Ich und was Ich Mir erschweige, sagst du, ist Mein Eigentum, dem Ich die allergrösste Ehrfurcht und Gewissenhaftigkeit, Verbindlichkeit und Achtung zolle.

Du erscheinst und Ich erscheine Mir, als dich in Aktion und Würde, als Gebieter und Gebotener im selben Zuge.

So ist die Wissenschaft der Weisen ein sich selbst Erkennen in des Gottes Sinn und Spur, ein Aufwall des Gerechtseins an der Welt und an dem Glanz der Sterne, die dem Seinsgerechten Himmelsharmonie und Seligkeit bedeuten.

7.7
Heilig, heilig, heilig Bin Ich Mir in Meiner allerinnersten Gebärde der glückseligen Unberührtheit, Ungeschiedenheit und Grazie im allbewussten Schweigen.

Der absoluten Stille Born ist Meiner Seelenwirklichkeit Ernährer, Meines Wonneseins Gestalter und die Zierde der Allherzlichkeit, die Ich Mir selbst entgegenbringe im unendlichen Gefühl.

Federleichten Wohlgewissens ruht Mein Sinnen in der Pracht der ewigen Sternnacht, die Ich Mir zum Gegenstand der Seinsbetrachtung auserwähl. Allen Trosts gewiss und aller Zärtlichkeit des webenden Empfindens, achte Ich auf jeden Hauch der Güte Meiner selbst in der Bewunderung des Saitenspiels, das Mir die Himmlischen in Lauterkeit und Harmonie, Holdseligkeit und Grazie des Berührens sammetweich entgegenwehn.

Unendlichen Genügens weile Ich im Licht der Faszination, das Ich geheimnisvoll um Mich verbreite und beglaubige, was Ich Mir Bin, im langgedehnten Wohllaut der Glückseligkeit, den Ich im Liebeslicht aus Innigkeit und Harmonie ins All verstrahle.

7.8
Pascha, sitze nicht galant herum im Weidenkörbchen, deine goldnen Schäfchen zählend. Es ist soviel im Nahbereich und Fernbereich zu tun, um das Bewusstsein aller Wesen zu verändern, bis sie Meinem Standart gleichen in der Fasslichkeit der Sphären. Du dümmelst vor dich hin, derweil die Rassepferde dich und deinesgleichen spielend überholen und geistigen Gewinn in dichter Folge auf ihre stolz gehissten Fahnen applizieren.

Gelingt es dir, wie Hans und Gretel, das Häuschen anzuknabbern, das du nur von aussen siehst, um das Darinnen zu erfahren, leuchtet dir Mein Wesens wunderbare Seinsgerechtigkeit entgegen, die die deine ist, wenn du's erkennen magst in deinem Selbstgenügen.

Oh holde Unschuld an der Welt der gierigen Geniesser, Paukenschläger und Verwunder Meiner Spieglungen im Allhier. Wie bist du Mir willkommen in der Einfachheit und schlichten Emsigkeit, der Spontaneität und Folgerichtigkeit, dem Ernst und Adel deiner Züge. Du weisst dir unentwegt zu helfen, indem du Meiner Hilfe dich versicherst und gewissenhaft Mein Vorbild imitierst im Glanz der Stunde, wie im ewig gleitenden Bewusstseinsstrom, der Meine Fülle ist, Mein Sinnspiel und bewundernswertes Überragen.

Ich male dir Gedanken vor, die deiner Zukunft bis zum Letzten dienlich sind und deines Seins Gefährt mit Meiner Wunderkraft beladen. Du magst es führen, wohin immer es dir noch gefallen will. Doch sollst du dir bewusst sein, dass es Meine Kräfte in sich birgt und Meinen Drang, sich selbst zu überbieten in Gewandtheit und Verschmitztheit Meiner Art in der Lebendigkeit der Tage.

Nun denn, ein Wink von Mir ist eine echte Freundesgabe, die dir hilft, die rechte Spur zu finden in der allgemeinen Spurensuche auf dem furchenstrotzenden Planeten. Nimm Abstand von ihm im Betrachten deiner Angelegenheiten und entfalte deines Solls Gebärde mit dem Blick auf alles, was der Kosmos dir bedeutet und die Sterne lächelnd, heiter und gewissenhaft in dein Bewusstsein setzen, um aus dir ein glückbe-gnadetes, vollkommen herzensschönes und dem Himmel offenes Geschöpf zu schaffen in der Weisheit Meines überragenden Gebietens.

7.9
Himmelslicht im Totenacker, die Gebärde unnachahmlicher Vernunft, die aus dem Antlitz strahlt der Abgeschiedenen. Es lehrt dich, was das Seelensein zuletzt, zuerst empfindet beim Hinübergang ins Reich der ewigen Lebendigkeit vor Gottes Majestät und Thronen.

Du Bist und wacker schreitest du voran, wenn deine Ansicht Einsicht ist in das Unendliche, das dich in stiller Demut führen will zu Höherwertigkeit und hochgalantem Siegen. Es geht um viel und alles, wenn du dein Bewusstsein so verändern willst, dass es die tiefer'n Schichten deines Wesens lesen und nach ihrem Wink und Wollen handeln kann im liebelangen Erdenleben.

Kein Ende ist des Unterweisens von Dort zum Hier, von Geist zu Geist in wunderbar geschliffnen Zügen. Erkenne es und du bist Mensch im wahren Sinne und kein Automat, der nur vom Unbewussten her gesteuert seinen Lebenslauf vollzieht.

Mach auf die Tür, wach auf, will Ich dir sagen, damit die Fülle Meiner Gnaden in dich fliessen kann und eine Menschheit sich entfaltet nach dem Gottesplan, der ihr beschieden.

Die Menschen kommen, geh'n und kommen wieder und verändern eine Welt und sollen sie bewusst verändern, als Gesandte höheren Gebietens und als Wissende aus Treu und Glauben, Meditation und Spurensuche in den Weisheitsbüchern.

Allem geh Ich still und stet voran und leite es und weite es in wunderbar gesetzten Meisterzügen. Sei du Mein Herz und Meine Seele und verwalte und erhalte, was dir frommt und was dich Meiner würdig macht im Fechten, Rechten, Liebenswürdigsein und Der-unendlichen-Glückseligkeit- bewusst-und-heiter-stark-und-fromm - und liebevoll-Entgegengehn.

7.10
Sinn und Sein und eine Menschenwelt dazwischen von überragender Bedeutung für das Weltensein, das Ich mit wohlerwogenen Sentenzen in der Schwebe halte evolutionenlangen Zuspruchs und Gewährenlassens, meisterlichen Eingriffs, wie des Tolerierens der sich selbst verschwornen Dilettanten in der unverblümten Heerschau, die Ich rechtens pflege.

Mündig machen will Ich, was Ich tag und nächtens observiere; Weisheit pflanzen, wo der Acker offen steht, des Samens Fülle würdig zu empfangen. Ich vergebe und vergabe pausenlos, was fördert und belebt, was Einsicht, Qualität und Liebefähigkeit begründet, Stabilität, Vertrauen und Entfaltung seiner Selbst verleiht in reich gefassten Zügen.

Wie kommt es, dass in den Äonen des Entfaltens und Gewaltens hunderttausend Fährnisse das

Leben nicht zum Stillstand oder zum Verkümmern und Erliegen bringen konnten? Es ist Meine Strategie der immerwährenden Behutsamkeit, mit der Ich vorgeh, weiche Schläge tausche, Bitten lausche und des Lebens Seim und Sendung Bin im Gleichnis der Vergänglichkeit und des unsterblich, jugendfrisch begründeten Errötens.

In allem Weben, Streben, zähen Ringen und Gelingen, Bin Ich Mir die Seins-Präsenz, die sich von Epoche zu Epoche des Entfaltens Geltung schafft, Glaubwürdigkeit und innewohnende Konstanz im unverzagten Weitergehn. Du bist, weil Ich in dir das Wesenslicht des Seins, Allweisheit, Zielbewusstheit, Liebenswürdigkeit und Grazie Bin, die aller Schöpfung, wo sie rein und würdig, unbescholten und vernünftig dasteht, einen Charme verleiht von wunderbarer Süsse des Erscheinens und von einem Ebenmass der Sinnenfälligkeit, die schlicht bezaubert, Sehnsucht weckt und das Gemüt zur rauschenden Begeisterung bewegt.

Ich säe Wonne in die Herzen, die sich Meine Gunst erworben haben und vermehre ihre Kunst des Daseins durch die reine Güte und das Seinsvertrauen, die Ich ihnen schenke, wenn sie Meiner sich erinnern und geflissentlich auf Meinen schlichten Wegen gehn. Die Tränen trockne Ich und die Verheissung ungezählter Wunder leuchtet ihrem Sinn und führt sie sachte himmelan zu Meiner Paradiese Wohnstadt und Gelingen. Reines Blut und Herzensgüte sind Mein Spiel und sind Mein Ziel im liebelichten Überragen und Das-Weltensein-zur-letzten- Fülle-und-Vollendung-Tragen.

7.11
Aus dem Orkus herbei, trag Ich dir gewissenhaft die Kunde, was es sei, das Mich von dort bewegt und

Mein Bewusstsein prägt zu goldgetriebner Fülle wahren, wachen Seins im Andersartigen. Ein Sein im Kosmos steht als Zierde des Beschauens Meinem Mich-Begründen vor in lichtbeseelter Trautheit. In Mir selbst bewahre und bewache Ich den Wohllaut Meines Herzensfriedens als gegeben und geführt, begleitet und dem Wonnesein anheimgegeben, wunderbar.

Mein Zeichen ist allgrosse Einheit, die umfassend, innewohnend, vollbewusst und ewig heiter sich in Szene setzt auf allen Ebenen und Gründlichkeiten Meiner gütestrahlenden Präsenz als Sein und Wesen, als Gipfel der Gerechtigkeit und Weisheit und als immerwährendes Erschauen einer Fülle ohnegleichen, die Mich freudevoll beseelt.

Wer wollte anderes als dies erleben in elysischer Glückseligkeit und tatenfreudiger Bestimmtheit im Verfassen von Ideen, die das All regieren, ohne Wenn und Aber, in der spielerischen Leichte eines Herrschertums von eignen Gnaden.

Ich helle auf, wo Schatten sich ergeben, schlichte, wo ein Feindliches sich rühren will im vielbewegten Leben. Als Manifest der Tugend schreit Ich sogleich ein, wo im äonenlangen Mich-Entfalten Egoismen sich behaupten wollen. Meine Lehre macht die Herzen gross und überschüttet alle Wesen Meines liebenden Umfangens mit dezentem Heil in der unendlich seligmachenden und lichten Heiligkeit der Sphären.

Bis zuallerletzt im Bund mit Mir, bewegst du dich auf ewig im Mirakel Meines Gegenwärtigseins in dir und allen deinen Angelegenheiten. Niemals brauchst du gegen Wände anzustürmen, die nicht sind in Meiner Gloriole der All-Wirklichkeit, die Ich begründe auch in dir. Was ist Hoffnung, wenn nicht das Erkennen einer alldurchströmenden Substanz, die Ist und die in immerwährendem Beseelen und

Befehlen Wahrheit schafft und sich in liebevollem Unterweisen allen mitteilt, die da Geistesohren sich entwickelt haben und mit Geistesaugen sehn.

Numismatik als die Gottesprägung sollst du Mir betreiben und den Sinn gewahren, der getrost, gewissenhaft und heiter hinter allem steht, was sich so lebhaft, selbstbewusst und dennoch unbewusst gebärdet auf dem Menschenplan. Ich rage noch in jedes Schicksal, das sich rechtens, Tag und Nächtens, unweigerlich und nach urewigem Gesetz erfüllt, um sich wieder heimzuführen in des Seins umfassendes Erbarmen und in die Faszination, die Mich erfüllt im lächelnden Erfahren der Erlöstheit und Gewogenheit, der Liebenswürdigkeit des Seins und des vollkommnen Friedens in der Harmonie des zeitenlosen und beseelten In-Mir-selbst-Beruhns.

7.12
Sein nur Sein im Silberreif der Zukunftsvisionen. Glücklichsein in dem, was Ich Mir Bin in Lauterkeit und Liebe, Sinn und Seligkeit und Lichtheit sondergleichen.

Die Harfe der Verklärung singt ihr leis verklingend Lied; fernes Geplätscher irgendwo und das Geriesel reiner Wonne in der Seele köstlichem Revier.

Bezaubernd ist's, vollkommne Stille zu erreichen, beseligend, dem Lauschen sich zu weih'n in namenlos beglückendem Erwarten.

7.13
Welcher Fülle mächtig ist Mein Stil. Grandios und lebensfroh verwalte und gestalte Ich Mein Sosein in den Weltentiefen, die Ich schaffend Mir erschuf.

Wo immer Ich Mich in der Reinkultur und vollen Würde Meines Wesens präsentiere, tret Ich als im Brautgemach der Schöne vor Mich hin und fasse Mich und lasse Mich in hunderttausend schöpferischen Variationen Meiner selbst im Irgendwo.

Verluste sind dem Wesen des Versuchens zuzuschreiben, das in jedem grossen Werke liegt und ihm Vollkommenheit und fabelhaften Ausgang garantiert im Minnesang der Zeiten.

Nur die unbedingte Redlichkeit und Tugendhaftigkeit sind fähig, auf die Dauer als gediegne Werte zu besteh'n und Meines Namens Wohlklang in den Lebenswelten zu verbreiten. Ich zeige den Geschöpfen nächtig in dezenten Bildern, was Ich fördern will im Sonnenlauf der Generationen. Meine Machart ist der Genialität entsprungen, die im Grunde Meines Wesens ruht und Meinen Ruf begründet als Creator Spiritus von höchsten Graden, Gnaden und Begünstigungen im Allhier. Niemand kann ermessen, was in Meinem Brauchtum und Revier an Zuverlässigkeit, Gewissheit, Transparenz und heiligem Zorn vonnöten ist, um der Gewährnis der vollendeten Grandezza willen, die Meine Fülle offenbart und die den Charme begründet, den Ich Mir ins liebelichte Dasein hole.

Nicht Vernunft, doch Seins-Erkennen in der Feinheit und Geschliffenheit der Sphären braucht es, um die ganze Herrlichkeit, Wahrhaftigkeit und blütenreine Zartheit Meines Wesens zu verstehn. Ich wirke wie verträumt, wenn es die Lage fordert, in die Ich Mich voll Verve und Tatendrang begeben. Andrerseits kann Ich in schroffen Kanten und markanten Formungen vor Mir erscheinen, wie's in Meinem Willen und Gerechtsein liegt, die Ich mit Vehemenz um Mich verbreite.

Im Liebeslicht besehn ist alles, was Ich Bin, ein Loblied auf die Schönheit Meiner Züge und ein sanftes Säuseln um die Lieblichkeit, die ihnen innewohnt im Gang der Zeiten und Besonderheiten Meiner Wahl. Das Allerletzte, Gründlichste, Glückseligste und Feinste jedoch lass Ich als unendliches Geheimnis Mich durchkreisen, um Mein aberweises Wohlsein zu begründen und das Feuer der Begeisterung anzuzünden, das auf ewig in Mir flackert, flunkert, aufersteht und sinkt und währt.

7.14
Was bindet dich, verbindet dich mit Mir? Eine lautre Quelle der Barmherzigkeit am All und Wesen, die Ich Mir begründe und verkünde, um der Heerschar der Gerechten willen, die bestrebt sind, Mir und Meinem Hause Referenz und Rückhalt zu erweisen.

Ich frage nie nach mehr, als was Ich Mir gewähren will in freien Stücken und in Wohlbesonnenheit, die Meine Zierde ist und Mein bejubeltes Idol.

Alles über einen Leist zu schlagen, ist Mir reichlich fern in der gebieterischen Pose, die Ich einnehm, um zu richten über die Motive, die zur selben Untat und zu denselben Winkelzügen führen. Schon das geringste Mehr in diesem oder jenem Sinne kann zu ganz verschiednen Resultaten führen und kann den Untergang, wie auch den Aufstieg in noch nie erreichte Höhn bewirken.

Was Ich meine, ist die Unbeschwertheit und die Wachheit, mit der Meine Dinge angegangen werden müssen, damit Erfolg und Liebenswürdigkeit sich einstellt in der abergrossen Partitur, die Ich zu dirigieren Mich ermesse und vermesse im Allhier.

Ich lasse gut sein was der Zeit bedarf, um sich noch weiter in die Höh zu stilisieren. Also du: empfinde nicht als drückend und beängstigend dein

Los, denn Ich kann warten, bis du haargenau dasselbe als befördernd, ja beglückend dann empfindest im lebelangen Lauf der Tage, die dir von Mir vorgegeben sind. Walle auf und walle nieder, wie die Welle in der Unermesslichkeit des Ozeans, unbekümmert um den Wettersturz, wie um die sonnenlichte Bläue in der Zeiten Wehn. Sie ist so wie du ein Teil von Mir in der Unendlichkeit und fabelhaften Wirkkraft Meines Wesens. Willst du denn, so kann Mein Wille dich verändern und von der Stelle rücken, auf der du im Erwarten stehst. Du brauchst dazu die Hilfe Meiner Sehnen, um vor dir und aller Welt in Würde zu bestehn und Meinen Goldhauch zu verbreiten. Mach es wie die Taube, gurre munter vor dich hin und picke auf, was Ich dir huldvoll und gewagt vergebe. Ein Bund fürs Leben wird bekanntlich nicht in „no time" griffig und wahrhaftig gross. Da braucht's ein Rühren, Rühmen und Berichtigen in Saus und Braus, wie im beschaulichen Dahin-und- Dorthin-Auf-und-Niedertragen, ohne Reserviertheit, gütigen Herzens und voll Eifer, um die Prüfung eben noch mit Anstand zu bestehn.

So will Ich immerzu mit Mir ins Reine gehn und eilends der Phalanx entkommen, die Mir auf dem Fusse folgt, im Wettlauf um Erfüllung Meiner grossgesetzten Ambitionen.

So und so und so gewähre Ich Mir Anstand der Gefühle, wie besonnenes In-Mir-Beruhn ob all den Werken Meiner Gunst und Kunst im Überwalten, was Ich Mir in Treu und Glauben, Tapferkeit und Klugheit, Schaffenskraft und schöner Sinnenfälligkeit erschuf.

7.15

Gott und Gott und nichts als Gott allein im daseinsphilosophischen Geplänkel, das Ich mit Mir führe. Solang Ich's weiss ist alles gut und wohlgelungen, was Ich an Mir habe. Doch fällt dies Wissen dem Verstand zum Opfer, ist der Sinnkreis der Bedeutsamkeit jäh unterbrochen und der Tritt an Ort tritt ein erwiesner-massen.

Geduld, Verinnerung und Liebeskraft sind dann vonnöten, bis sich die Offenbarung der All-Göttlichkeit und -güte wieder zeigt und alle Daseinswidersprüchlichkeit sich auflöst in der Einheit allen Seins in wunderbarer Folgerichtigkeit und Würde des Gelingens.

So weilt und wirkt das Wirkliche in Mir in faszinierender Geschwisterschaft des Einen und geprägt von der Idee des Aufstiegs, unfehlbar in immer höhere Regionen, Qualitäten und Errungenschaften in der Weltenseele lichtem und allheiligem Revier.

Im Zustand des Ich Bin, bewirkt das Es in Mir Befreiung von jedwelchen Nöten und belächelt sich im Spiegel des unendlichen Befriedens, den es sich errichtet in gewaltiger Disziplin, in der Reinheit der Gedanken und im Eintritt in die Bruderschaft der Seins-Verklärten, die da sind und seiend ihr Erhabensein bekunden.

Willst du mit Mir ins Zelt der überwältigenden Lebensfreude gehn? Es steht dir immer offen und du brauchst nur einen einzigen Schritt zu tun, den Schritt des Überwindens aller Ängste, um kühn und mutvoll einzutreten als ein Herold der Glückseligkeit und Seelenstärke, der Wachheit und Bewusstheit seiner selbst, in wunderbar gesegneten, gereiften und gerundeten Charakterzügen.

Ich Bin, darfst du dir sagen immerzu und darfst in reiner Wonne des Entzückens am Geschehn verweilen, das du mit Mir, in Mir und durch Mein

Innesein in dir erlebst in unerschütterlicher Heiterkeit und weit und breit um dein Bewusstsein strömenden urewigem Befrieden.

7.16
Allweiten Wesens halt Ich Mir das Himmlische vor Augen, das Ich Bin und dessen Drift und Drang in Schönheit sich vollendet, seinsbeständig, licht und wunderbar. Als Ahne Meiner Ahnen ist Mein Sein der Ursprung allen Zeitgeschehns, ist reich befrachtetes Genügen an Mir selbst und sonnenstrahlende Wahrhaftigkeit im Ewig-Guten.

Was Ich vergebe, ist geprägt von einer güteströmenden Dynamik ohnegleichen, die die Wohlfahrt Meines Seins vermehrt aus Genialität und Schöpferwillen, Evolutionenzucht und unnachgiebigem Mir-selbst-Vortrefflichkeit-Gebieten.

Schlichtheit, Überlegtheit, Heiterkeit und liebevoll gesittetes Benehmen sind allüberall Mein Ideal und Meiner Würde Stosskraft, nicht zu zähmen. Mein Reichtum ist die absolute Fülle, aus der heraus Ich operiere, schaffe und vermehre ohn' jegliches Bedenken und mit einer Nonchalance, die Sicherheit, Getragenheit, Begeisterung und Grazie beschert.

Mir selber gegenüber Bin Ich höflich und gerecht in immerwährendem Gedulden, wachsam, weise, sakrosankt und generös in unermesslich seinsgalanten Zügen. Was Wunder, wenn die Liebe blüht in Meinen Gärten und die Dankbarkeit ihr Liedchen singt im Chor der lichtgesegneten Gemeinde, die Ich um Mich schare.

Glorie des Seins, in Hymnen vorgetragen, schmiegt sich in Mein offenes Gehör, derweil Ich, selig ruhend, in Mir weile, reinem Frieden zugetan.

7.17
Ins Seinsgelass gestiegen, ordnen sich die Dinge wie von selber an zu einer farbenstrotzenden Palette von Gediegenheiten, die den Sinn fernab ins Übersinnliche entführen.

Was eine Daseinssorge war, hier ist sie in Mir aufgehoben, als in einem Meer von seinsbedingten Gnaden, die dir absolute Sicherheit und Seligkeit gewähren. Eingehüllt in sie vermagst du jeder Widrigkeit zu trotzen, deren Schneckenspur den Siegeslauf behindern will, auf dem du dich fortan bewegst, Meinem fabelhaften Schutze zugetan. Alles, was sich hier ereignet, ist geprägt vom wunderbaren Ebenmass und von der Liebenswürdigkeit der Sphären. Subtile Weichheit der Gedanken lässt dein Sein in einem neuen Licht erscheinen. Aller Hader hebt sich selber auf und bietet Raum für Wohlklang, Seinsgeselligkeit und tiefgefühlte Harmonie. Sich ewigen Beistand leistend, neigen sich die heilgewordnen Seelen schlicht und liebevoll einander zu und sind herzinniglich bestrebt, sich lieb und fromm jedwelche Dienste zu erweisen.

Kannst du ermessen was es heisst, in einer Welt der Wohlbekömmlichkeit und Grazie ein Wirkliches zu sehn, das alles haushoch überbietet, was du bis jetzt in deinen Träumen gelten lassen wolltest als erwiesen und getan. Hier herrschen Friede, Sanftmut und Gerechtigkeit des Werdens und Vergehns in allen Regionen. Die Seelenstimmung der Verklärten ist auf Heiterkeit getrimmt und auf das liebelichte Seins-Erfahren, das so tief beglückend ist im All des strahlenden Bewusstseins, dem sie sich dahingegeben.

Nun denn, so komm und weile im urewig Guten, das die Engel preisen und der Lobgesang der Cherubim erfüllt, wo alle Wesen sich in Friedefertigkeit vereinen und der Hauch der Gottheit alles Sein mit Liebeskraft und Licht und Seligkeit durchströmt.

7.18
Das All-Menschliche will sich des Denkens Kraft bedienen, um alles zu erklären, was des Lebens Lauf ihm präsentiert, diktiert und ihm so manches Rätsel auferlegt, mit dem er sich beständig auseinandersetzen muss in seinen Wesensgründen.
 Da wird der Mensch gewahr, dass er allein mit seiner Denkkraft niemals weiterkommen kann als bis zu dem, was ihm die Sinne so besagen. Das zwingt die Wägsten, Schritte in das Übersinnliche zu tun, indem sie meditierend auf Erkenntnis warten in des Schweigens wunderbar besänftigender Ruh. Da kann Ich Mich in ihres Offenseins Gemüte giessen und den Weltgang klären, dem sie zugeteilt und eingeflochten sind in hunderttausend Schicksalsvariationen. Ihrem Ich verpflichtet, das das Meine ist, erfahren sie ihr wahren Wesenseins Verhältnis und ihr unauflösliches Verbundensein mit göttlichen Gebieten. Das Ich Bin in ihnen, spricht sie sanfte an und überbrückt damit die Kluft vom Hier zum Dort, wo alles sich in Geistigkeit vollzieht und das Unsterbliche sich präsentiert mit Sinngehalt und Namen.
 Was so dir zur Gewissheit wird, hebt dich auf Schwingen der Begeisterung getrost und sicher himmelan und öffnet dir die Fülle deines Seins im Ewigen, als eines Daseins in Glückseligkeit und hunderttausend Gnaden. Du Bist und darfst es dir beständig wiederholen um der Güte Gottes willen, die dich führt und der du trauen kannst, so dass es dir gegeben ist, zu sein in unverbrüchlicher Ge-

lassenheit, Bewusstheit, Heiterkeit und namenlosem Frieden.

7.19
Hab Ich Mir eine Götterburg erbaut, will Ich sie auch bewohnen. Ist Mir im Menschenwesen ein für allemal der grosse Wurf gelungen, schätze Ich das Ziel und leiste ihm den Beistand, den es braucht, um in des Selbsterkennens Strategie sich selbst zu finden und dabei Mein Ich am Werk zu sehn.

Trösten will Ich Mich an dem Gedanken, dass soviel subtile Raffinesse des Gestaltens auch der Zeit bedarf, um das Bewusst-Sein zu erlernen und schlussends in Götterherrlichkeit und Lebenswonne dazustehn.

Wer's fassen kann, der fasse es, dass sich ein Faden inniger Verwandtschaft von den Sphären höchster Geistigkeit durch alle Hierarchien bis ins Menschliche hinunterzieht, um seine Eigenkräfte zu verherrlichen und zu erproben in erschütternd wunderbar geschliffener Manier.

Es muss sich eine kosmische Elite bilden als die Spitze eines Zauberbergs, der immer höher sich gestaltet aus des Seinsverlangens Überschwänglichkeit und ihrem ungeheuren Schöpferwillen an sich selbst und seinen Trieben.

7.20
Nolens volens schreib Ich dir ins Tagebuch den Vers: Du bist die Ranke an dem Zweig des Lebens, der Mein Ein und Alles ist im Weltenzaubergarten. Ich schalte, walte darin, als in Meines Eigentums Domäne, doch du willst es partout nicht in diesem Lichte sehn.

Der Streifzug durch Mein Eigenes in dir, o Mensch, zeigt schlafende Gesichter, die wie Somnambule durch ihr Dasein gehn. Ich will und will, dass sie erwachen, dass Ich in Mir selbst erwache, in des Menschenlebens Saft und Stil. Trag Ich Mich so an, verläuft die Runde wie im Märchen, wo die Dinge sich ins Wunderbare lösen und das Absonderlichste seinen Ruf und seinen Namen findet als im Wohlbekömmlichen von Schicksalsgüte und Gerechtigkeit, vom Hinauswurf alles Argen, wie von der Tugendhaftigkeit Belohnen in unendlicher Gewähr.

Bienenfleiss und Redlichkeit gehören zu den Hochkarätigsten der Ideale, die Ich Mir zurechtgelegt in Meinem Mich-Umsummen-und-Umbrummen in den Sphären des gewaltigen Erhebens, Strebens und Verzärtelns Meiner Angelegenheiten im Allhier. Ich klopfe tüchtig auf den Sack, wenn er Mir müssig daliegt, um ihn seiner sprudelnden Lebendigkeit zu zeihen, als von Mir gegeben und geführt, von Meinem Sinn erfüllt und Meinem Willen ganz ergeben.

Bist du, indem Ich in dir Bin, so sind es Meine Wogen, die sich in dein Wallen leis und liebelicht vertun. So lasse denn zuzeiten all dein Werken und Befördern willig ruhn, um Meiner zu gewahren in der Seins-Philosophie, die sich ins Betrachten deiner Lebensdinge drängt und die noch manchen Mangel aufweist in der Abergründigkeit von deinen eignen Gnaden.

Ich mache Mir kein Hehl aus dem, was Ich an dich verschenke, wenn Ich so das Fabelhafte, das Ich in dir Bin beseh. Was brauchst du mehr, als Sachverstand, ein gutes Herz, Bewusstsein deiner selbst und liebevolle Anteilnahme am Geschick der Welt, um Meine Züge anzunehmen und um auf dem Pfad der Seinsvollendung froh und gläubig, feierlich und unbeschwert zu wandeln, als zu Meinem unbestechlich reinen Ziel. Ich lobe, liebe, lichte, lächle in begütigender Weise Meine Ansicht aller Dinge ins Geschehn und wecke Freude, Wonne und glückseliges Geflüster in den reinen Seelen Meiner Wahl. O komm und hefte dich an Meiner Fersen Sprung und Urkraft-Wallen. Zähle deine Tage, als von Mir befruchtet und begabt und inszeniert im Mehrwert, den Ich Mir erringe da und dort und da in der bedeutungsvollen Einsicht, dass Ich Bin, als im Geheimnis jeden Menschenherzens in der weiten Welt Gerangel, wie in der Klausur des Schweigens, die Mein Sein auf's allerlieblichste berührt und in ihm Ruhe, Trost, Gewissheit, Wirklichkeit und Lebenswonne generiert.

7.21
Eo ipso trachte Ich danach, vollkommen rund und reif und richtig die von Mir inaugurierte Fährte abzulaufen. Ich klage Mich schon selber an, dass noch längst nicht alle Meiner Seinsgenossen ihren Weg in Mir, mit Mir und durch Mein Einigsein gefunden haben.

Denn all so kostbar ist, was Ich vertrete und licht und liebevoll, was Meinem Sinn entspricht im reinen Sein als in sternenweiter Wachheit und Erhabenheit von eigentümlichem Begaben.

Im Netzwerk Meiner Künste trachte Ich nach Wohlgesittetheit und Harmonie, nach starker Bindung an das Wesenhafte der allgöttlichen Natur, in der sich alles finden und empfinden soll im Evolutionenrhythmus der ins Sphärensein verwallenden Gezeiten.

Ich erhebe, was bestimmt ist zu verwehn und erlebe Mich als Inspirator unzählbar beschriebener

Gesetzlichkeiten, die von Meiner Würde, Wirksamkeit und Weisheit was erzählen.

Ich flüstre aller Welt Erbarmen zu an ihrem Zustand des Erwachens in die Morgenröten Meiner sinnenden Vernunft und Meines mit Gelassenheit gesättigten Gehabens. Es ist Mein eigner Sprung ins Ungewisse, wenn die Wesen alle vor sich selber ihre Zweifel offenbaren. Dennnoch funkelt in Mir das Emblem der alles überragenden Entschlossenheit, die Mein Gewalten ziert und dem nur Meine Zärtlichkeit zuvorkommt im Umfangen aller Wesen Meiner Wahl.

Von Ergriffenheit geprägt Bin Ich in Meines Seelenseins geheimnisvoller Blüte im Empfinden aller Unzulänglichkeiten, deren Teil Ich Bin im Mich-Verfluten. Warm und weich und rigoros entfalte Ich Verbindlichkeiten, die zu Lichtheit, Liebenswürdigkeit, Gemeinschaft mit den Heiligen und reiner Wonne am Gerechtsein führen. Merke dir den Satz: Ich Bin bewusst ein Ausbund des Vertrauens in die Geisteskräfte, die Mich hegen und beleben, sinnreich trösten und Mein Dasein über jede Selbstbegrenzung führen.

Stille, namenlos befriedetes Gewissen und des Himmels alles überschwebende Glückseligkeiten sind der Lohn für das geduldige In-Tugendhaftigkeit-Verharren und In- allem-nur-das-Liebeslicht-der-Gottheit-Sehn. Nun hüll Ich Mich ins Schweigen des unendlichen Beschauens Meiner Güter und verweile in der Wonne der Behutsamkeit an Meinen Gliedern, die vollkommen rein und unbescholten, siebenfach behütet und genährt in der Unendlichkeit des Sternenalls geborgen sind.

Ludwig Weibel, geboren 1933
Lebt in CH-9200 Gossau/St.Gallen
Studienabschluss als Fernmeldetechniker
Schriftstellerische Berufung zur
"Philosophie des Seins" für vife Geister.
Erstellt elegante Graphiken mit einem
Pendel-Apparat. (Siehe Buchumschlag)
Homepage: www.das-sein.ch